www.ingramcontent.com/pod-product-compliance
Lightning Source LLC
LaVergne TN
LVHW010815051026
849532LV00007B/2543
* 9 7 8 9 3 5 8 7 2 7 6 7 8 *

چائے کی پیالی

(افسانے)

مہندر ناتھ

Chaae ki Pyaali *(Short Stories)*

by: Mahender Nath

Edition: September '2024

Publisher :

Taemeer Publications LLC (Michigan, USA / Hyderabad, India)

ISBN 978-93-5872-767-8

9 789358 727678

کتاب	:	**چائے کی پیالی** (افسانے)
مصنف	:	**مہندر ناتھ**
صنف	:	فکشن
ناشر	:	تعمیر پبلی کیشنز (حیدرآباد، انڈیا)
سالِ اشاعت	:	۲۰۲۴ء
صفحات	:	۱۲۴
سرورق ڈیزائن	:	تعمیر ویب ڈیزائن

فہرست

ریوتی سرن شرما

مہندر ناتھ۔ ادب اور ایمان

"تم دیوتا ہو"

"نہیں بھا۔ میں تو صرف آدمی بننے کی کوشش کر رہا ہوں"

(ایک مکالمہ جو مہندر ناتھ نے خواجہ احمد عباس کی فلم "دھرتی کے لال" میں ادا کیا)

انگریزی ناول نگار ٹامس ہارڈی نے اپنے ناول جیوڈ دی آبسکیور Jude the obscure میں ایک کردار لٹل ٹائم جیوڈ کی تخلیق کی، جو اپنے چھوٹے کاندھوں پہ بڑا سر لے کر پیدا ہوا۔ مہندر ناتھ اردو ادب کا لٹل ٹائم جیوڈ تھا۔

ٹامس ہارڈی کے لٹل ٹائم جیوڈ Little time Jude کی طرح وہ اپنے کاندھوں پر ایک بڑا اور سوچنے والا سر لے کر پیدا ہوا۔ اس کے ادب کا مطالعہ یہ آخری اثر چھوڑتا ہے کہ مہندر ناتھ نے ادب میں جنم لیتے ہی سنجیدگی سے سوچنا شروع کر دیا۔ اور وہ اس دنیا سے یہی سوچتے سوچتے گیا کہ انسان کو اس کی عزت اور عظمت سمیت، کس طرح زندہ رکھا جائے۔

یہ بات اپنے میں بہت اہم ہے۔ بہت سے ادیب، ادب میں آنے کے بہت عرصہ بعد تک "ذہنی بلوغت" حاصل نہیں کر پاتے۔ لیکن مہندر ناتھ نے ادب میں آتے ہی لوگوں کو چونکا دیا کہ اک نیا ادیب آیا ہے جو تخیئل اور فکر دونوں اعتبار سے اڑان

بھرنے کی سکت رکھتا ہے اور اپنے ہم عصروں کرشن چندر۔ منٹو۔ بیدی۔ عصمت اور اشک کے ساتھ پنکھ مار کر ان کے ساتھ ساتھ اونچائیوں پر اڑ سکتا ہے۔ ان کی طرح وہ سمت۔ زاویوں ادب وسعتوں سے آشنا ہے۔

اسی زمانے میں یعنی سنہ ۱۹۴۰ء کے بعد کے زمانے میں، کسی نئے ادیب کے لئے لوگوں کو چونکانا۔ اپنا لوہا منوانا اس لئے آسان نہ تھا کیوں کہ ادب ایک نئی ڈگر پر گامزن تھا۔ محض کہانی لکھنا کافی نہ تھا۔ کرشن چندر۔ منٹو۔ بیدی اور عصمت نے ترقی پسند تحریک کے خدوخال کی لکیریں کھینچ دی تھیں۔ ترقی پسند ادیب اپنے دور کے ہندوستان کی معاشی، معاشرتی اور سیاسی زندگی کا احاطہ کر رہے تھے اور اس کے ڈانڈے بین الاقوامی زندگی سے بھی ملا رہے تھے۔ وہ زندگی کے تضاد کو آئینہ دکھا رہے تھے اور اس کے کُبھ اور بگڑے خیال کو خیال کی گُنیا سے عیاں کر رہے کہ مہندر ناتھ اپنے تخئیل کا پیراشوٹ، لے کر ناپ تول اور سروے کے علاقے کے بیچوں بیچ اترا ہے۔ یہ اس کے پہلے افسانے کو پڑھ کر لوگوں نے تسلیم کر لیا۔ کہ ان کے درمیان، ان کے کام کو وسعت بخشنے والا ایک اور ادیب آدھمکا ہے۔ اور اس نے عمل کے لئے جو جھنڈیاں گاڑھی ہیں وہ صحیح جگہ اور بڑے علاقے بن ہیں۔ افسانہ " حنائی انگلیاں " "آزاد تلازمہ یعنی Free Association کی تکنیک میں لکھا گیا تھا۔ اور اس میں جنسی بے راہ روی سے لے کر بین الاقوامی دھوکہ بازی تک کا ذکر تھا۔ ایک قنوطی کی طرح مہندر ناتھ نے اس میں ہر چیز کو دیا سلائی دکھائی تھی اور لندن میں ہونے والے ہٹلر کے بموں کے دھماکوں کو ہندوستان میں سنوایا تھا۔ یہ کرشن چندر کی سماجی انقلابیت اور منٹو کی بے باکی دونوں لئے ہوئے تھا۔

"پھٹ پھٹ۔ دھم دھم۔ کون آیا۔ بم گرا؟ کہاں؟ لندن میں؟ لیکن آواز یہاں آ رہی ہے۔ کانوں میں انگلیاں ڈال لو۔ حنائی انگلیاں۔ سونے کی قاشیں۔

آزادی۔ لارڈ ایمری کا بیان۔ انڈیا فسٹ۔ کیا کہا؟ خوب کہا۔ تقریر کر رہا ہے۔ چرچل۔ ہم آزادی کے لئے لڑ رہے ہیں۔ ہم غلامی کو اس دنیا سے مٹا دینا چاہتے ہیں۔ ہم فرانس کو دوبارہ زندہ

کرنا چاہتے ہیں ۔ ہم لڑیں گے ۔ ہر جگہ ۔ زمین پر ۔ خشکی پر ۔ سمندر میں ۔ آسمان پر ۔ ہم سب کو آزاد کرنا چاہتے ہیں ۔ نہیں میں بھول گیا ۔ ہم یورپ کو ہٹلر کے پنجے سے آزاد کرنا چاہتے ہیں ۔ کیا یورپ میں ہندوستان بھی شامل ہے ؟ خوب زور سے تالیاں پیٹو ۔ اختر میاں آزادی مانگتے ہیں ؟ آزادی مانگنے سے نہیں ملتی ۔ کچھ اور مانگو ۔ کیا کہا موت ؟ ابھی لو ۔ اسی وقت لو ۔ چلاؤ ۔ خوب زور سے چلاؤ ۔ ہاں کہو مسجد مندر بن گئی ۔ مندر مسجد بن گیا ۔ وہ دیکھو سامنے بازار بند ہونے لگے ۔ بنئے گھروں میں گھس گئے ۔ لاٹھیاں چلنے لگیں ۔ پتھر برسنے لگے ۔ وہ دیکھو مسجد مندر گیا ۔ مندر مسجد ۔ انڈیا فسٹ مت چلاؤ ۔ آزادی ہٹلر کے بعد ۔ اور موت ؟ ابھی لے لو ۔ اسی وقت ۔ جب جی چاہے"۔ (حنائی انگلیاں)

اس کہانی میں مہندر ناتھ قنوطی ہے ۔ ایک مسخ ، ٹیڑھی میڑھی ۔ غلط اصولوں پر چل رہی دُنیا کو سُدھارنے یا نئے سرے سے بنانے کا نہیں بلکہ اسے ڈائنا میٹ سے اُڑا دینے کا جذبہ باقی ردِعمل ہے ۔ لیکن یہ مہندر ناتھ کی پہلی کہانی ہے ۔ تجربہ نے ۔ ترقی پسند تحریک سے وابستگی نے ۔ مارکسی فلسفہ کے مطالعہ نے مہندر ناتھ پر واضح کر دیا کہ ایسا کرنا ممکن نہیں ۔ یہ سماج ایک پیچیدہ عمل ہے خود آدمی کی اپنی ذات اور اس کے عمل سے نکلا ہے ۔ چیز کو توڑا جا سکتا ہے مگر آدمی کی دُنیا "چیز" نہیں ہے ۔ وہ مکڑی کے مُنہ سے نکلا لیس اور کوئے کے دہانے سے نکلا ریشم ہے اور یہ مکڑی اور یہ کویا خود آدمی ہے ۔ جب تک آدمی کو نہیں سدھارا جائے گا ، یہ نظام نہیں سدھریگا ۔ اور آدمی کو سدھارنا سب سے زیادہ مشکل ہے ۔ اس کے لئے قدروں کا احساس چاہئے اپنی خوبصورت کہانی "روشنی اور تاریکی" میں مہندر ناتھ نے اس عمل کا پہلا احساس اور تجربہ کیا ۔ کہانی کا ہیرو ۔ محبت ، جسم کی مانگ اور رضا مندی کے باوجود ہیروئن کو نہیں چومتا ۔ بانہوں میں آنے کے لئے بے تاب کپلا کو بانہوں میں لے کر اپنے جذبہ کی تسکین کرنے کے بجائے اسے جانے دیتا ہے ۔

"امانت ۔ امانت ہی ہوتی ہے ۔ اگر کپلا چچی کی امانت ہے تو میری بھی امانت ہے ۔ اس میں خیانت کرنے کا مجھے کوئی حق نہیں اگر کوئی ایسی ویسی بات ہو جائے تو کون ذمہ دار ہے شادی کرنے سے تو میں رہا ۔ یہ کپلا بھی جانتی ہے کہ وہ مجھ سے شادی نہیں کر سکتی ۔ درمیان میں چچی

حائل ہے۔ چین کی دیوار کی طرح ـــــ اگلنت صدیوں کا تعصب اور جہالت راستہ روکے کھڑی ہے۔ چچی کے پیٹ میں درد ہے۔ اسے امرت دھارا چاہیے۔ لیکن مجھے امرت دھارا مل رہی ہے، میری روح کو بھی ایذا پہنچ رہی ہے۔ لیکن میرے لئے امرت دھارا امانت ہے۔ پھر بجلی زور سے چمکی۔ اور میرے خیالات کا سلسلہ ٹوٹ گیا۔ چچی درد سے کراہ رہی ہے۔ اس خیال کے آتے ہی میں باہر نکل گیا۔ اور سیدھا چھت پر چلا گیا اور دیوار کے ساتھ لگ گیا اور اندھیرے کی لہروں کو اپنے اندر جذب کرنے لگا۔ نیچے والے مکان میں کسی نے بتی جلائی۔ روشنی اور اندھیرا کیا کبھی بالکل گھپ اندھیرا ـــ چاروں طرف اندھیرا نہ ہوگا یا بالکل روشنی ہو جائے۔ چاروں طرف روشنی اور اندھیرا کبھی نہ ہو۔ کہیں نہ ہو؟"

مہندر کی یہ سوچ۔ اندھیرے اجالے کا یہ احساس۔ مہندر ناتھ کا طرۂ امتیاز ہے۔ زندگی اپنی نعمتیں اس کے پاس لے کر آئی۔ لیکن عین وقت پر سوچ اور اقدار کا احساس اس کے سامنے آکھڑے ہوئے۔ یہ سوچ اور یہ احساس "اخلاقی" نہیں ہیں۔ یہ خالص انسانی ہیں۔ اور اس باریک بین اور دور بین نگاہ سے پیدا ہوتے ہیں جو سطح پر نہیں رکتی۔ ایکسرے کی بہتی لہر کی طرح انسان اور معاشرے کے ڈھانچے کی اصل صورت اس کے سامنے لا کھڑی کر دیتی ہے۔ افسانے "برف" میں یہی ہوتا ہے۔ وہ جسم کا بھوکا ہے۔ عورت روٹی کی بھوکی ہے۔ سودا دو روپے میں طے ہوتا ہے۔ عورت بے حیل و حجت اُس کے بستر پر آجاتی ہے۔ رُکاوٹ کوئی نہیں ہے۔ مگر وہ عورت کو قبول نہیں کرتا۔ کیوں کہ قدر کا قائل ہے۔

"اس نے گلاب کے لبوں کو چوما۔ گلاب کے لب ٹھنڈے تھے۔ اور اندر کی طرف بھنچے ہوئے تھے۔ یکا یک وہ ٹھٹک کر پرے ہوگیا۔

"گلاب" اس نے تھرائی ہوئی مایوس آواز میں کہا۔

"بابو۔" اور گلاب کی آنکھیں جھک گئیں اور گلاب کے لب پھر ایک دوسرے سے پیوست ہو گئے۔

گلاب کے ٹھنڈے لمس نے اس کے ذہن کو بیدار کر دیا۔ گلاب کے شرمیلے احساس نے اسے سوچنے پر مجبور کر دیا۔ گلاب بستر پر ننگی لیٹی ہوئی تھی ـــــ جیسے وہ کہہ رہی ہو۔ مجھے اس کام سے کوئی واسطہ نہیں۔ کوئی سروکار نہیں۔ لیکن میں انکار بھی نہیں کرتی۔ یہ عجیب بات ہے کہ کسی کام سے تعلق بھی نہیں واسطہ بھی نہیں اور پھر کسی بات سے انکار بھی نہیں۔ لیکن جس بات نے اس کے ذہن کو بیدار کیا وہ عورت کا سرد لمس تھا۔ کیا عورت کا جسم سرد ہوتا ہے۔ اس نے زندگی میں پہلی بار عورت کو چھوا تھا لیکن کتنا تلخ تجربہ تھا۔ اس کا جسم کیوں انگارے کی طرح جل رہا تھا۔ اسے اپنے آپ پر غصہ آیا۔ اس ننگی عورت پر غصہ آیا۔ جس نے اس کے تخیل کو پارہ پارہ کر دیا.... اس کمرے میں اندھیرا کیوں ہے۔ یہ میلے اور بوسیدہ کپڑے کس کے ہیں۔ ان میں سے بدبو کیوں آ رہی ہے..... یہ عورت لیٹی کیوں ہے؟ یہ بولتی کیوں نہیں؟.... یہ بستر پر ساکت اور غیر متحرک ہو کر رہ گئی ہے کیا وہ اس عورت کو گھر میں رکھ لے ـــــ ٹرنکوں کی طرح۔ بوتلوں کی طرح۔ چھڑی کی طرح۔ کیا یہ عورت ایک چادر ہے۔ ایک غلاف ہے۔ ایک ٹرنک ہے؟"

عورت چادر یا ٹرنک نہیں ہے۔ یہ جذباتی یا جنسی ردِ عمل نہیں ہے۔ یہ فکری عمل ہے جو جو مہندر ناتھ کے ادب میں شروع سے غالب ہے مہندر ناتھ کی زندگی بھی اسی عمل کی تابع تھی۔ وہ ایک اچھے خاندان میں پیدا ہوا۔ قدرت نے اسے مردانہ حُسن سے مالا مال کیا۔ جوانی کی دہلیز پر قدم رکھتے ہی عشق کی نعمت نصیب ہوئی۔ ایک دولتمند اور شریف خاندان کی خوبصورت لڑکی بملا نے اس سے عشق کیا۔ گھر والے شادی کو تیار تھے پانچ سال رشتہ رہا۔ لیکن مہندر ناتھ نے نہ عشق کی ذمہ داری قبول کی نہ شادی کی۔

روشنی کا مینار

یہ جذباتی فیصلہ نہ تھا۔ یہ مہندر ناتھ اور اس کے ادب، دونوں کے لئے تاریخی فیصلہ تھا۔ مہندر ناتھ عام انسان کی کلرکی کرتا۔ دو وقت روٹی کھانے اور بچے پیدا کرنے کی زندگی

چھوڑ کر چلا آیا۔ اور ادب میں روشنی کے منارہ کی تلاش کرنے لگا۔ دراصل روشنی کے منار کی تلاش مہندر ناتھ کی زندگی اور اس کے ادب کا ابتدائی، مرکزی اور آخری نقطہ ہے۔ اسی تلاش کی وجہ اور ضرورت "چاندی کے تار" میں درج ہے۔ یہ افسانہ مہندر ناتھ کا سب سے اہم افسانہ ہے۔ کیونکہ اس میں اس کے ادب کو سمجھنے کی کنجی ہے۔ یہ اس بات کا بھی ثبوت ہے کہ مہندر ناتھ ادب میں سوچتے ہوئے داخل ہوا اور یہ سوچ ایک نیا رنگ لئے تھی۔

"اکثر میں سوچتا ہوں، میں کیا چاہتا ہوں۔ میں کیوں پریشان ہوں اور دھیرے دھیرے مجھ پر یہ بات عیاں ہونے لگی کہ مجھے کلرکی سے نفرت ہے۔ ان ساٹھ روپوں سے نفرت ہے۔ مجھے انسانوں کی کمینگی سے نفرت ہے۔ کیوں کہ ہر طرف اندھیرا ہی اندھیرا ہے۔ چھتوں پر اندھیرا۔ برتنوں پر اندھیرا۔ چولہوں پر اندھیرا۔ روٹیوں پر اندھیرا۔ دھیرے دھیرے یہ اندھیرا پھیلتا جاتا ہے۔ کائنات کے ذرّے ذرّے پر چھاتا جاتا ہے۔ انسان کی رگ رگ میں سماتا جاتا ہے۔ دھیرے دھیرے مجھے اس نظام سے نفرت ہونے لگی۔ جہاں اندھیرا پھیلا رہتا ہے۔ کیوں نہ میں اس اندھیرے کو چیر دوں؟ کیوں نہ اس اندھیرے کے لبادے کو پھاڑ دوں۔ تاکہ روشنی کی صبح پھوٹ پڑے۔ اور ان چھوٹے چھوٹے کمروں میں بھی روشنی کی ایک آوارہ کرن پہنچ جائے جہاں ایک شوہر، ایک بیوی اور بہت سے بچے ہوتے ہیں۔ اور کلرکی کے ساٹھ روپے ہوتے ہیں۔ جہاں عورتیں شادی ہوتے ہی بوڑھی ہو جاتی ہیں۔" (چاندی کے تار)

"کبھی کبھی تمھاری سنہری آرزوؤں کا جال میرے قریب آجاتا تو میرے صبر کے بند ٹوٹ جاتے اور میں سوچتا کہ مجھے کیا غرض ہے کہ میں اپنے آپ کو یوں برباد کروں۔ ازل سے لے کر ابد تک یہ اندھیرا چھایا ہوا ہے اور آج تک کوئی شخص اس اندھیرے کو دور نہ کر سکا۔ بلکہ یہ اندھیرا دن بہ دن زیادہ ہوتا جا رہا ہے۔ اور میں روشنی کے اس مینار کو پانے کی بے سود کوشش کر رہا ہوں۔ کیوں نہ میں اپنے آپ کو اندھیرے کے اس بے پایاں سمندر میں پھینک دوں اور ہمیشہ کے لئے غرق ہو جاؤں۔ اور پھر اس اندھیرے میں تمھارے ہونٹ چمکنے لگتے۔ تمھارے لانبے

لانبے بال، سر سے لے کر پاؤں تک چھا جاتے ۔ تمھاری آنکھوں میں سنہری آرزوئیں جھانکنے لگتیں اور میں تمھیں پکڑنے کی کوشش کرتا ۔ تاکہ تمھارے سیاہ بالوں میں اپنے کو چھپا لوں ۔ اور تمھاری آتشیں خواہشیں مجھے چاروں طرف سے گھیر لیں اور ہم دونوں اس اندھیرے سمندر میں باقی لوگوں کی طرح لڑھکتے رہیں ...... لیکن میں نے سگریٹوں کی ایجنسی لے کر شادی کرنا گوارہ نہ کیا۔

شاید مجھے عام آدمیوں کی طرح زندگی بسر کرنے کی آرزو نہ ہوئی ۔ بلکہ مجھے ان لوگوں سے نفرت ہوگئی ہے اور اس طرز بود و باش سے اس معاشرے سے ۔ اس تہذیب و تمدن سے۔ میں روشنی کے مینار کو پانا چاہتا ہوں اور اس کی نورانی کرنوں کو دنیا میں بکھیرنا چاہتا ہوں ۔ تاکہ اس پھیلے ہوئے بے پایاں اندھیرے میں کچھ کمی آجائے ۔

مہندر ناتھ مادی تہذیب کے ارتقائی عمل سے واقف تھا ۔ وہ جانتا تھا کہ سائنسی سماج کو صنعتی سماج کھا لے گا ۔ سائنسی سماج خود پچھڑا ہوا سماج تھا اور انسان کی پیٹھ پر سوار ہو کر چلنے والا سماج تھا ۔ اس کے ہاتھ غریب اور بھولے بھالے انسانوں کی لوٹ کھسوٹ اور ان کے خون سے رنگے تھے ۔ اس لئے مہندر ناتھ نے اس سے ناطہ توڑ لیا ۔ اور نہ کلرکی لی اور نہ محبوبہ اور نہ سگریٹوں کی ایجنسی۔ وہ روشنی کے مینا کی تلاش میں لاہور ۔ دلی ، لکھنؤ اور پونا ہوتا ہوا بمبئی پہنچا ۔ یہاں سے اسے صنعتی نظام کی برکتیں میسر ہوئیں ۔ وہ ہیرو بن گیا ۔ " سرائے کے باہر" ۔ اور " راکھ " نام کی فلموں میں کام کیا ۔ روپے کمائے ۔ سرمایہ دارانہ نظام کے عیش و آرام کی جھلک دیکھی ۔ لیکن جلد ہی اس نظام نے اپنا اصلی روپ دکھایا ۔ مہندر ناتھ اور اس کے ساتھیوں کو پٹخنی دی ۔ فلمیں ناکامیاب ہوئیں ۔ جو کمایا تھا وہ بچا کر نہ رکھا۔ بھوک اور بیکاری سامنے آ کھڑے ہوئے ۔ مہندر ناتھ کے گھر کے کسی فرد نے وہ ذہنی اذیت پہنچائی کہ پاگل ہوتے ہوتے بچا ۔ اندھیری سے بھاگ کر ایک مراٹھی لڑکی درگا دیوی کے پاس دادر آیا۔ اس لڑکی میں انسانیت کے گن تھے ۔ مہندر ناتھ اس کے پاس ٹھہر گیا ۔

دوسرا دور

لیکن یہ لڑکی غریب تھی ، ایک بے پڑھے لکھے خاندان کی تھی ۔ ماں باپ بہنیں ۔ رشتہ دار

سب غربت کی لعنتوں میں لتھڑے تھے۔ جس بلڈنگ میں آکر رہا (چھپرا بلڈنگ) اس میں بھی غریب لوگ رہتے تھے۔ ان کی معرفت مہندر ناتھ نے صنعتی شہر اور سرمایہ دارانہ نظام کا اصل روپ دیکھا۔ اس کی افسانہ نگاری کا دوسرا دور شروع ہوا۔

یہ دور پہلے دور سے الگ نہیں ہے۔ یہ صرف اس کی تصدیق اور توسیع ہے۔ پونچھ سے بمبئی تک کے سفر نے مہندر ناتھ کو جو سکھایا وہ عین مین وہی تھا جس کا ادراک اس نے "چاندی کے تار"۔ "دو بیل"۔ "برف" "اکیلا"۔ "حنائی انگلیاں" میں کیا تھا۔ صرف یہاں وہ عمل شدید اور تیز ہو گیا تھا۔ "مجھے خرید لو" میں اس نے ایک باوفا گھریلو بیوی کی آنکھوں میں زندگی کی یک رنگی یا بے رنگی سے بچنے کے لئے "بکتے" کی موہوم سی چمک دیکھی تھی۔ لیکن بمبئی کی صنعتی دُنیا میں اس نے خود کو یا پورے خاندان کو بھوک یا بیماری سے بچانے کے لئے عورت کے خود یا اپنوں کے ہاتھوں بکنے کے عمل میں ایک باقاعدہ "فن" کے روپ میں سُنتے دیکھا۔ "ایک دو تین چار"۔ "زندگی چاندی عورت کے سوا کچھ بھی نہیں"۔ "ایک بار۔ اور صرف آخری بار"۔ "555"۔ "گاڈ بلیس یو"۔ "راز"۔ "جونکیں"۔ "بدلہ"۔ یہ افسانے جسم فروشی کے جنسی افسانے نہیں ہیں۔ کچھ لوگوں نے انہیں "فلمی سماج" کے افسانے کہا ہے۔ یہ بھی غلط ہے۔ دراصل یہ افسانے اس عمل کو دکھاتے ہیں جس سے سائنسی سماج کا آدمی بکھر کر یا ٹوٹ کر صنعتی سماج میں آتا ہے اور اس کی مشینی بے حسی، معاشی چکی میں پس کر اپنی ساری روایتیں اور قدریں گنوا بیٹھتا ہے۔

نیا ایمان

اس کی شکل سب سے عمدہ اور جامع و مانع اظہار مہندر ناتھ کا ناول "رات اندھیری ہے" ہے۔ اس ناول میں مہندر ناتھ نے پونچھ کے سامنتی سماج کے انسان کو (جو وہ خود ہے) بمبئی کے صنعتی ماحول کے بیچ رکھ کر اس کی اقدار کی توانائیوں کو پرکھا ہے۔ نوجوان جگدیش پونچھ کے قصبے سے چل کر بمبئی آتا ہے اور یہاں کی زندگی میں اپنی جگہ بنانے کی کوشش کرتا ہے۔

وہ اپنی محبوبہ چھوڑ کر آیا ہے اور وعدہ کر آیا ہے کہ اسے جلد از جلد بلا لے گا۔ لیکن بمبئی آ کر اسے معلوم ہوتا ہے کہ اس کی قابلیت اور نیکی کی کوئی قدر نہیں۔ وہ ایک 'جنس' محض ہے۔ جسے اس کے جسم کی وجہ سے ایک ایکٹریس رانی پسند کر لیتی ہے۔ ٹکڑوں کے لئے وہ بھی اسے پسند کر لیتا ہے۔ لیکن پوپنچھے سے اس کی محبوبہ کملا آ جاتی ہے۔ تجارتی رشتہ میں گڑبڑ پڑنے لگتی ہے۔ رانی اسے الٹی میٹم دیدیتی ہے کہ اگر وہ اس سے روپے چاہتا ہے تو اسے کملا کو واپس بھیجنا ہوگا۔ سامنتی آدمی صنعتی دور میں جینے کے لئے اپنی سامنتی محبوبہ کو کھڑکی سے گرا کر مار دیتا ہے اور اس محبت کا خاتمہ کر دیتا ہے جو اسے جذباتی غذا تو دے سکتی تھی لیکن جسم کو زندہ رکھنے والے نقرئی سکے نہیں دے سکتی تھی۔

"محبت کرنا آسان بات ہے۔ بچے پیدا کرنا آسان بات ہے۔ خدمت کرنا آسان بات ہے۔ کسی کا انتظار کرنا آسان بات ہے۔ کھانا پکانا، کپڑے دھونا آسان بات ہے۔ آہیں بھرنا۔ گریہ وزاری کرنا آسان بات ہے۔ لیکن روپے کمانا بہت ہی مشکل ہے۔"

(رات اندھیری ہے)

اسی کی ایک جھلک مہندر ناتھ اپنے پہلے ناول "آدمی اور سکے" میں دکھا چکا ہے۔ اس ناول میں ایک طرح سے مہندر ناتھ نے اپنے اگلے بڑے ناول کے لئے کھونٹیاں گاڑھی تھیں۔ ماحول بمبئی کا ہے اور انسانی رشتے خالص تجارتی ماحول پیداوار۔ ایک عورت حمیدہ کو ایسے لڑکے سے محبت ہے (محبوب علی) جو اس سے محبت نہیں کرتا۔ لیکن محبوب علی کو اس سے محبت کرنا پڑتی ہے کیوں کہ وہ اس کے ٹکڑوں پر پلتا ہے۔ حمیدہ کو ایسے آدمی سے محبت کرنا پڑتی ہے جو بدصورت ہے لیکن جس کے ٹکڑوں پر وہ پلتی ہے۔ ناول کے ہیرو کو ایسی لڑکی ملتی ہے جو اپنے خاندان کا پیٹ پالنے کے لئے پیسہ کماتی ہے۔ وہ اس کے ساتھ سونے کو تیار رہے لیکن شادی کرنے کو نہیں کیوں کہ وہ اس کے ماں باپ کا پیٹ نہیں پال سکتا۔ اس طرح ہر کردار بکا ہوا اور ٹوٹا ہوا ہے۔

کوئی جذباتی ادیب ہوتا تو صنعتی دور کے خلاف جذباتی بغاوت کر اٹھتا۔ اور پرانے دور کو واپس لانے کی دہائی دیتا۔ لیکن مہندر ناتھ جانتا تھا کہ صنعتی دور آ کر ہی رہے گا۔ اور انسانوں کو مہاجنی دور کے مظالم اور افلاس سے چھڑانے کے لئے اسے آنا ہی چاہیئے۔ اس لئے اس نے اس ناول میں ایک نیا کردار شامل کیا۔ رومیش کمیونسٹ کا۔ رومیش صنعتی دور کا مخالف نہیں۔ لیکن اس کی "بدعنوانیوں" کا علاج اشتراکیت میں دیکھتا ہے۔ وہ کمیونزم کے فلسفہ میں ایمان رکھتا ہے۔ اور اس کے سامنے موجودہ صورت حال سے بچ نکلنے کا راستہ ہے۔

"روس کی طرف دیکھئے۔ حال میں چین کے انقلاب کو دیکھئے کہ کس طرح انھوں نے عوام کی کایا پلٹ کر دی۔ بھوکوں اور ننگوں کو کپڑا دیا۔ نوکری دی ملک میں بدمعاشی کو دور کیا۔ اگر روس اور چین اپنے ملک سے بیکاری۔ بدمعاشی عصمت فروشی اور بلیک مارکٹ دور کر سکتے ہیں تو ہم کیوں نہیں کر سکتے؟"

رومیش ایک عورت کی محبت حاصل کرنے کے لئے نہیں، اس نظام کو بدلنے کیلئے جدوجہد کرتا ہے جس میں عورت، مرد بدمعاشی کرنے، جسم بیچنے اور محبت سے محروم رہنے کے لئے مجبور ہوتے ہیں۔ ناول کے آخر میں ناول کا ہیرو محبت میں ناامید ہو کر خودکشی کرنے کے بجائے ایک بہتر نصب العین یعنی مارکسی نظام کے لئے جدوجہد کرنے کا فیصلہ کرتا ہے۔

لیکن "آدمی اور سکے" میں اس بہتر نظام کا ذکر سرسری ہے۔ ایک سطحی کا جذباتی لگاؤ اس سے دکھایا گیا ہے۔ مگر "رات اندھیری ہے" میں مہندر ناتھ نے زندگی کا پورا امرت منتھن کیا ہے اور اس زہر کو پوری طرح اجاگر کیا ہے جو زندگی کے ساگر میں رس بس گیا ہے۔ اس نے ناول کے شروع میں چنی لال اور کنول لال کے والد کی سوانح کی معرفت دیہاتوں کی لوٹ کھسوٹ اور وہاں مہاجنی نظام قائم ہونے کا عمل دکھایا ہے۔ جگدیش اور اس کے دوستوں کی معرفت اس جنسی ناآسودگی اور جذباتی گھٹن کا بیان کیا ہے جو ایک پچھڑے روایت پسند سماج میں پیدا ہوتی ہے۔ گو اس نے جگدیش کی ماں، کملا کی ماں اور چنی لال

کے کرداروں میں ایثار و محبت۔ خلوص اور داداری جیسی انسانی قدروں کو بھی درشایا ہے۔ جو سامنتی نظام کی تاریکی میں روشنی کی کرنیں تھیں۔ جگدیش کو نوکری کی تلاش میں بمبئی بھیج کر اس نے اس حقیقت کو واضح کیا کہ سامنتی معاشی ڈھانچہ خود کفیل نہیں ہے۔ اس کے کنارے کی ریت کٹ کر صنعتی سماج کے دھارے میں گرنے کے لئے مجبور ہے۔ سماج کے اس بہاؤ کو روکا نہیں جا سکتا۔

جگدیش کو بمبئی لاکر مہندر ناتھ نے بمبئی کے صنعتی سماج کو کھنگالا ہے۔ نرائن اور اس کے ساتھیوں کی معرفت اس نے سرمایہ داروں کی بے حسی۔ بے دردی اور معاشی سازش سے پردہ اٹھایا ہے۔ ہیرا کی سالگرہ کا نقشہ اور اسٹوڈیو میں ایکسٹراؤں کا بیان ـــ ایک تجارتی سماج کی بے راہ روی۔ اوباشی، شکست خوردگی۔ بے اطمینانی اور محرومی کا اظہار ہیں۔

"لوگ کہتے ہیں کہ ہندوستان آزاد ہے۔ لوگ کہتے ہیں آج کل ہمارا نیشنل انیتھم ہے۔ ہمارا جھنڈا ہے۔ ہو گا۔ لیکن ان کو دیکھ کر اور سُن کر میری بھوک کم نہیں ہوتی میں نے دیانتداری سے کام ڈھونڈا۔ لیکن کام مجھے نہیں ملا۔ ..... میری عمر ۳۶ برس کی ہے لیکن آج تک میں نے کسی عورت کے جسم کو ہاتھ لگا کر نہیں دیکھا۔ ..... لیکن جنسی بھوک سے زیادہ مجھے پیٹ کی بھوک نے ستایا۔ اور پیٹ کی بھوک سے زیادہ ذلت کے احساس نے مجھے کہیں کا نہ رہنے دیا۔ جو مجھے کہتا ہے کہ تم کسی کام کے آدمی نہیں ہو۔ میں اب بھی کام کرنا چاہتا ہوں۔ لیکن مجھے یقین ہو گیا ہے کہ اس قسم کی آزادی کے تلے میں ہمیشہ بیکار رہوں گا ـــ یہ چار گز لمبی کھولی۔ یہ چار گز کی قبر، جہاں ایک نہیں چار آدمی سوتے ہیں ..... اس میں بیکاری ہے ..... بھوک ہے ..... موت ہے۔ اس سے نکل بھاگو ـــ یہاں سے نکلو ..... آگے بڑھو ..... یہاں مر جاؤ گے ..... کوئی نہیں پوچھے گا۔ اس اندھیرے سے نکلو۔" (رات اندھیری ہے کا کردار۔ صوفی)

صوفی کی خودکشی کے بعد جگدیش کو ایک فلم ایکٹریس ملتی ہے۔ جو اسے "مرد طوائف" کے کے طور پر اپنے پاس رکھتی ہے۔ اس عورت سے روپے حاصل کرتے رہنے کے لئے وہ اپنی محبوبہ اپنی

بیوی کا قتل کر دیتا ہے۔ جگدیش کا اپنی محبوبہ کملا کو نیچے گرا کر مار دینا زندگی کے تجارتی تقاضوں کی بہیمیت کی معراج ہے۔ یہ تقاضے انسان کو کیا سے کیا بنا دیتے ہیں۔ اس میں کیا تناؤ پیدا کرتے ہیں۔ اس کا ہولناک بیان رات اندھیری ہے کے صفحات پر رقم ہے۔

"لاش ملنے کے بعد جگدیش اور اس کے دوستوں نے کملا کو آگ کے سپرد کر دیا۔ جو کام اسے کرنا تھا اس نے کر ڈالا۔ ...... لیکن اس نے یہ کیا کر ڈالا۔ وہ کیا کرنے اور کیا بننے آیا تھا۔ اور کیا بن گیا؟ اس کی سمجھ میں نہ آتا کہ اس نے یہ قتل کیسے کر دیا۔ وہ تو صوفے پر بیٹھا تھا۔ وہ کون تھا جس نے ترغیب دی تھی کہ موقع ہے۔ دھکا دیدو۔ اس نے کملا کو مار دیا لیکن وہ مری نہیں ہے وہ زندہ ہے ..... یہ اس کے بال ہیں۔ یہ اس کے ہونٹ۔ یہ اس کا پیٹ۔ یہ اس کی شلوار۔ یہ اس کی ٹانگیں۔ یہ اس کے پاؤں ـــ وہ مری کہاں ہیں۔ وہ مارنے کے بعد بھی زندہ رہے گی۔ ہاہاہا۔ ایک شور سُنائی دیا جیسے ڈھول پیٹے جا رہے ہوں۔ اور شور بڑھتا چلا آرہا ہو..... شاید کسی شیر کا شکار کیا جا رہا ہے ڈھول پیٹ کر اور شور مچا کر شیر کو مچان کی طرف لایا جا رہا ہے۔ شیر مجبور ہو کر مچان کی طرف آرہا ہے۔ شیر مچان کے سامنے آگیا۔ بندوق کی نال نے اس کی کنپٹی کا نشانہ لیا اور "ٹھائیں" چیخ مار کر جگدیش نے دونوں ہاتھوں سے سر کو پکڑ لیا ـــ وہ چیخ کر باہر نکل گیا۔ ...... وہ چلتا گیا..... چلتا گیا۔ وہ صبح سے چل رہا تھا، اسے کچھ علم نہ تھا کہ کہاں جا رہا ہے۔ کیا کر رہا تھا۔ بس وہ چلا جا رہا تھا۔ دھوپ میں چلا جا رہا تھا۔ چھاؤں میں چلا جا رہا تھا۔ فٹ پاتھ پر چلا جا رہا تھا۔ رسٹوران میں بیٹھے بیٹھے چلا جا رہا تھا۔ بس اسٹاپ پر کھڑے کھڑے چلا جا رہا تھا۔ اور لوگ بھی چلے جا رہے تھے ـــ اور عمارتیں اور سڑکیں بھی چلی جا رہی تھیں۔ آج سب چیزیں چلی جا رہی تھیں ـــ کیوں۔ کس لئے؟ ـــ کہاں کو؟.....

وہ ہیرا کے سامنے بیٹھا تھا۔ اس نے ہیرا کو بتا دیا۔ "میں نے صرف روپے حاصل کرنے کے لئے کملا کو مار دیا۔ ان چند حقیر سکوں کے لئے، جن کا منبعِ اعظم تم ہو۔ ہیرا اب مجھے تم سے نفرت ہو گئی۔"

"اس دُنیا میں انسان جینے کے لئے کیا کچھ نہیں کرتا۔ میں نے اپنا جسم بیچ دیا۔ اپنا ضمیر بیچ دیا۔ اپنی عزت بیچ دی۔ اور اس کے عوض جو ملا، وہ تمہیں دے دیا۔ آؤ میں تمہیں اپنے سینے

سے لگالوں اور اس نفرت کو چوس لوں جو تمھارے چاند سے چہرے کو گہنائے ہوئے ہے" ہیرا نے اپنی باہنیں جگدیش کی طرف پھیلادیں۔

جگدیش نے ان باہنوں کی طرف دیکھا۔ ان چھاتیوں کی طرف دیکھا جن کا زیر و بم اسے اپنے اندر مدغم ہونے کی دعوت دے رہا تھا ہیرا اپنے گداز اور خوبصورت جسم کی طاقت آزمارہی تھی۔ لیکن وہ کیا ہے ؟ اس نے ایک عورت کا، اپنی محبوبہ کا خون کر دیا اور اب ان باہنوں کو دیکھ رہا ہے۔ ان چھاتیوں کے گداز بھاروں سے محظوظ ہو رہا ہے ؟ وہ واقعی انسان نہیں یا اب انسان نہیں رہا۔ یا بنیادی طور پر اس کی انسانی شخصیت میں کوئی خامی آگئی ۔ وہ ایک جانور ہے کُتّے کی طرح ۔ اور ہیرا؟ یہ عورت نہیں ۔ اس میں ممتا نہیں ۔ قربانی کا جذبہ نہیں ۔ یہ محض ہوس ہے۔ خالص شہوانیت ہے ۔ مجسّم حیوانیت ہے ۔"

لیکن مہندر ناتھ سماجی ارتقا کے شعور کا احساس رکھتا ہے وہ جانتا ہے۔ صنعتی سماج ارتقا کی اگلی سیڑھی ہے ۔ اس لئے وہ اس سماج کے خلاف کچھ نہیں کہتا ۔ وہ موجودہ صورت حال کو ارتقائی دور کی عبوری لعنتیں Transition ills مانتا ہے اور گھڑی کی سوئیاں الٹی پھیرنے کے بجائے ان سے نپٹنے کے لئے ایک نئے انسان، ایک نئے فلسفے اور ایک نئے نظام کی تشکیل میں معاون ہوتا ہے ۔

وہ مزدور نیتا نرائن کی تخلیق کرتا ہے۔ وہ مارکسی نظام حیات پر ایمان لاتا ہے ۔ اس نظام کو لانے کی کوشش میں نرائن مارا جاتا ہے لیکن مہندر ناتھ ایک حیات افروز تصور کو پالیتا ہے ۔ وہ زندگی۔ زندگی اور موت کا فرق پہچان پاتا ہے — جو بہت بڑا فرق ہے ۔ جو روشنی اور تاریکی کا فرق ہے۔ جو اندھیرے میں جیتے چلے جانے اور روشنی کا منارہ پانے کے لئے قدم اٹھانے کا فرق ہے ۔

"یہاں اس شہر میں آکر سب مر چکے ہیں ۔ وہ گاؤں میں رہتے تو بھی مر جاتے ۔ صوفی مر گیا۔ اس نے خود کشی کرلی ۔ نرائن مر گیا اس نے پولیس کی گولی کھائی ۔ میں بھی مر جاؤں گا۔ سولی پر چڑھ کر ۔ لیکن موت ۔ موت میں فرق ہوتا ہے ۔ نرائن کی موت ، میری موت ۔ یہ صوفی کی موت سے جُدا ہے ۔ اعلیٰ ہے ۔ عظیم ہے۔ اس کی موت بھگوڑے کی موت نہیں۔ ڈٹ کر مقابلہ کرنے والے کی موت ہے ۔ یہ موت زندگی سے بڑی

بڑی ہوتی ہے کیوں کہ یہ زندگی کی حفاظت کے لئے ہوتی ہے۔ یہ موت زندگی کو ختم نہیں کرتی۔ اس کی آبیاری کرتی ہے۔" (رات اندھیری ہے)

موت

مہندر ناتھ کے ادب میں موت کا ذکر آتا ہے۔ دراصل جینے کی کوشش میں مہندر ناتھ مرنے سے پہلے بہت بار مرا۔ اس نے بہت سے تجربے کیے۔ اپنے کو طرح طرح کی کٹھائی میں ڈالا کبھی خودکشی کی (سورج۔ ریت اور گناہ) کبھی پھانسی کھائی (رات اندھیری ہے) کبھی تیرتھ اور نرائن جیسے کرداروں کو موت کے تیزاب میں ڈبا کر دیکھا۔ تپ دق میں تو اس کے کردار مرتے ہی رہے۔ مہندر ناتھ خود بھی موت کے کمپلیکس میں گرفتار رہا۔ لیکن بنیادی طور پر مہندر ناتھ زندگی کا ادیب ہے۔ اس کی کہانیوں میں یا ناولوں میں جو کردار مرتے ہیں۔ وہ یا تو معصوم ہیں یا انحطاط پذیر یا پھر اشتراکی۔ وہ انسان یا خدا کے آگے انسان کی بے بسی یا زندگی کی بے ثباتی یا کسی تاریک فلسفہ کے منظر نہیں ہیں۔ وہ اقتصادی اور سیاسی استحصال اور جد وجہد کے عمل کی طرف اشارہ کرتے ہیں، جو زندگی کو موت اور موت کو زندگی میں بدل دیتا ہے۔ مہندر ناتھ موت کو بھی زندگی کی 'آبیاری' کا عمل بنانا چاہتا ہے۔ وہ چاہتا ہے انسان کسی نصب العین کے لئے مرے تاکہ مادہ منتشر ہونے پر بھی انسانی سماج کی زندگی پر ورتنظیم میں معاون ہو۔ کم ادیب ملیں گے جو زندگی کے ساتھ اتنے بندھے ہیں۔ اس سے اتنی تعمیری محبت کرتے ہیں۔

انسانیت پرستی

مہندر ناتھ بنیادی طور پر انسانیت پرست ادیب تھا۔ اسے انسان سے بہت محبت تھی۔ جہاں بھی انسان کا درد دیکھا۔ وہاں رویا۔ جہاں بھی انسان کی عظمت دیکھی، اس کے آگے سر جھکایا۔ اپنے اولین دور کے افسانے "دو بیل" میں اس نے دیکھا۔ بیل گاڑی چلانے والا احمد خود ایک بیل تھا جس کی حالت اس کے بیمار سے بدتر تھی۔ وہ تڑپ اٹھا ـــــ "کیا اس دنیا میں ایسا اسپتال نہیں

جہاں ان انسانوں کو داخل کیا جاسکے جن پر ظلم کیا جا رہا ہے؟"۔ "بمبئی میں اس نے ایک بھکاری کو سردی اور بھوک سے مرتے دیکھا اور وہ خدا سے منکر ہو گیا۔" "میں نے سوچا گھر جا کر رما کی ماں کو بتاؤں گا کہ اگر غریبوں کے پاس سوئیٹر نہیں تو کیا ہوا۔ ان کا خدا تو ہے جو انھیں سردی اور طوفان سے بچاتا ہے"۔ .... لیکن اچانک مجھے محسوس ہوا میرے سینے میں کسی نے خنجر گھونپ دیا ـــــ ابھی میونسپلٹی کی گاڑی آئی تھی اور گداگر کی لاش کو اٹھا کر لے گئی؟ اور میرے منہ سے نکلا، خدا نہیں ہے۔ اگر خدا ہے تو الٰہی یہ تیری برکت ہے؟ یہ کیسی برکت ہے؟" (ایک ادھ چھلا سنترہ اور ایک ڈبل روٹی کا ٹکڑا)

افسانہ "پھر کوئی نہیں آئے گا" انسانی دردمندی کا کلاسیکل افسانہ ہے۔ "رسم الفت" ایک مثالی انسان کی داستان ہے جسے وہ ان الفاظ میں خراجِ عقیدت پیش کرتا ہے۔ "کیلاش تمھارا کلیجہ بھی پتھر کا تھا۔ کیا رسمِ اُلفت یوں نبھاتے ہیں کہ فرشتے بھی اس راہ پر نہ چل سکیں؟" "اگر میں مر جاؤں تو" خاموش انسانی محبت کی کہانی ہے۔ "جہاں میں رہتا ہوں" دُکھ اُٹھاتی انسانیت کا اہم افسانہ ہے۔ "سہارا" ایک بہت اہم افسانہ ہے۔ اس میں ایک مرد اور عورت ایک حرامی اولاد کو قبول کرنے کے لئے نہ صرف مجبور ہیں بلکہ اسے سماج اور خدا۔ دونوں کا دیا، جینے کا واحد 'سہارا' ماننے پر مجبور ہیں۔

ڈنڈا مارنے کے لئے وہ بچے کی طرف بڑھا ـــــ "حرامی"

تارا نے چیخ ماری۔ "اسے مت مار پگلے۔ یہ بیٹا نہ تیرا ہے نہ میرا۔ اسے تو اوپر والے نے بھیجا ہے ـــــ میرے اور تمھارے بڑھاپے کا سہارا"۔ (سہارا)

دی بلیو پرنٹ The Blue Print کو میں افسانہ نہیں مانتا۔ اسے میں انسانیت کا مینی فیسٹو۔ اور اس کا نوحہ مانتا ہوں اس میں ایک مرا ہوا انسان اور ایک جی رہا انسان ہے۔ جی رہے انسان کو مرے ہوئے انسان کے ہاتھوں میں سے ایک بلیو پرنٹ یعنی زندگی کا خاکہ ملتا ہے۔ خاکہ میں ایک خوبصورت زندگی کے ماحول اور پروگرام کا تفصیلی رنگ اور رس میں ڈوبا بیان ہے۔ اس خاکے میں جن آرزوؤں اور سپنوں کا ذکر ہے اگر وہ آدمی جیتا رہتا تو بھی پورے نہ ہوتے۔ کیوں کہ ہمارے یہاں وہ نظام ابھی نہیں آیا جو انسان کے جمالیاتی شعور اور خوبصورتی کی پیاسی روح کی ان تمناؤں کو

پورا کرسکے ۔جس دن ہمارا سماج ایک نیک اور ایماندار آدمی کو ایسی زندگی دے پائے گا، وہ ہمارے اور مہندر ناتھ کے سلام کا مستحق ہوگا لیکن جب تک وہ نہیں دے پاتا۔ مہندر ناتھ کی یہ مانگ اس زندگی میں اور زندگی کے بعد عاقبت میں بھی انسانی سماج کے معماروں کا دامن کھینچتی رہے گی ۔

"میں یہ سب باتیں اس لئے لکھ رہا ہوں کہ یہ شخص عین جوانی میں مرگیا ۔یہ صرف ایک شخص کی موت کی داستان نہیں ہے ۔اس موت میں میری موت بھی شامل ہے لاکھوں اور کروڑوں انسانوں کی موت شامل ہے ۔کیا کوئی ایسا نظام نہیں جس میں ہربنس لال کی خواب گاہ بن سکے ۔جس کا ذکر اس بلیو پرنٹ میں کیا گیا ہے ؟" (دی بلیو پرنٹ)

اس طرح مہندر ناتھ اردو کا ایک اہم سیاسی افسانہ نگار اور ناول نگار ہے ۔اس نے انسانی کردار اور انسانی معاشرے دونوں کا گہرا مشاہدہ کیا ہے اور اس طرح اس تضاد اور اس انحطاط کا سبب بیان کیا ہے ۔جس میں نہ صرف کل کا بلکہ آج کا ہندوستان گرفتار ہے ۔

"ہر شخص سب سے پہلے اپنے بارے میں سوچتا ہے ۔وہ خود بھوکا ہوتا ہے تو دوسروں کو بھوکا سمجھتا ہے ۔جب اس کی بھوک مٹ جاتی ہے تو وہ کہتا ہے ۔"سارے جہاں سے اچھا ہندوستاں ہمارا "۔ (پتھر کے بت)

"شروع ہی سے مجھے انقلاب لانے کا چسکا لگا رہا ۔انقلاب ہم نہ لاسکے ۔اب بس ہم دوسروں کو اکساتے ہیں کہ تم انقلاب لاؤ...... ہم تماشائی کی حیثیت سے اسے دیکھیں گے ۔

(سورج ۔ریت اور گناہ)

"غربت میں پیار کافی سستا ہو جاتا ہے ۔جیب میں روپے نہ ہوں تو سوائے پیار بانٹنے کے آدمی کیا کرسکتا ہے ۔"

"تم نرے چغد ہو ۔تم صرف بھائی بننے کے قابل ہو اور کچھ نہیں ۔میاں انقلاب صرف دیواروں پر اشتہار لگنے سے نہیں آتا ۔اور محبوبہ محض سعادت مندی سے ہاتھ نہیں آتی ۔دونوں میں عمل کی ضرورت ہے اور تم میں عمل کا فقدان ہے ۔ (بھائی جان)

"یہاں سے وہاں تک پہنچنے کا فاصلہ تو زیادہ نہیں لیکن اس درمیانی فاصلے کو کیسے اور کیوں کر طے کیا جائے، شاید اسی پر انسانی زندگی کے عروج اور ارتقا کا دارومدار ہے۔

(یہاں سے وہاں تک)

"ان لوگوں کو ہوا کیا ہے؟ یہ خاموش کیوں ہیں؟ ہم تو انقلاب کے نقیب تھے۔ ہم میں سے بہت سے گولی کھا کر مر گئے۔ کچھ فاقوں کی تاب نہ لا کر چلتے بنے۔ کچھ زیادہ شراب پی کر راہی ملکِ عدم ہوئے۔ کچھ ایک فلیٹ اور کار لے کر مر گئے۔" (پتھر کے بُت)

بُنیادی درد

مہندر ناتھ کا سب سے بڑا درد یہی ہے۔ وہ آدمی کو یوں آدمیت سے گرتے نہیں دیکھ سکتا۔ اپنے اگلے ناول "سورج ریت اور گناہ" میں اس کا ایک دردناک فقرہ ہے —— "میں ساری دُنیا کی بربادی دیکھ سکتا ہوں لیکن انسان کی بربادی مجھ سے نہیں دیکھی جاتی۔" مہندر ناتھ کی ہر کہانی اور ہر ناول انسان کی بربادی کی کہانی ہے۔ اپنے ناول "سورج، ریت اور گناہ" ایک بار پھر سوانحاتی ہے اور اس درد کا بیان ہے جس میں سے مہندر ناتھ خود دانتے کی طرح گھٹنوں گھٹنوں نہیں، گلے گلے تک ڈوب کر گزرا ہے۔ اس کا ہیرو ہری پھر ایک بیکار نوجوان ہے جو شخصیت اور قابلیت کے باوجود بیکار ہے کیوں کہ عزت، خودداری اور اقدار کے معاملے میں سمجھوتہ نہیں کر پایا ہے۔ ایک ڈاکومینٹری بنانے کے سلسلے میں ایک چھوٹا سا کام ملتا ہے شوٹنگ کرنے بمبئی کے پاس ایک جگہ جاتا ہے۔ وہاں ایک پارسی لڑکی اس پر عاشق ہو جاتی ہے وہ اپنے ماں باپ سے بغاوت کر کے اس سے شادی کرنے پر تیار ہو جاتی ہے لیکن ہری کے پاس کام نہیں ہے۔ لڑکی اس کا بوجھ ہلکا کرنے کے لئے نرس بن جاتی ہے۔ ہری اس میں ایک جدوجہد کرنے والی شریکِ حیات کی جھلک دیکھتا ہے۔

ناول ڈاکومینٹری کی شوٹنگ سے شروع ہوتا ہے۔ ہری کو اس میں ایک انسٹرکٹر بنانا ہے

وہ اس کام کو پسند نہیں کرتا۔ مگر مجبوری ہے جب اسے نیکر پہنایا جاتا ہے اور اس کے ایک نقلی موچھ لگائی جاتی ہے تو اس کا نوجوان وجود کراہ اٹھتا ہے۔

" لگادو یار موچھ۔ اگر تمھارے پاس پونچھ ہو تو وہ بھی لگادو۔ اپنا خیال ہے دوست کہ اس کے لگانے کے بعد میرے سر پر ایک بندر اور بٹھادو۔ تب بھی شرم نہیں آئے گی مجھے۔"

ہری اچھے کام کی طرح سچی محبت کا بھی بھوکا ہے۔" ہائے اس کے دل کے اندر کتنے خوابناک سپنے تھے۔ اس کے اندر ایک اتھاہ ساگر تھا۔ کیا کسی نے اس کے اندر جھانک کر دیکھا؟ کیا کوئی لڑکی ایک غوطہ زن کی طرح اس کے دل کی گہرائیوں میں ڈبکی لگاکر دیکھے گی کہ اس ویرانے میں کتنی بہاریں پوشیدہ ہیں۔ اس اجاڑ بیابان میں کتنے شگوفے ہیں۔ کتنی سرسبز وادیاں ہیں؟ اس سبشتان میں کتنے سورج چمک رہے ہیں۔ کتنے دریا ہیں۔ کتنی لہریں ہیں۔ یہ دل بھی تو ایک سمندر ہیں۔ اوپر سے پُرسکون۔ چین سے لیٹا ہوا۔ لیکن اندر سے ایک اژدھے کی طرح مُنہ کھولے ہوئے۔ ایک ایک تمنا ہیبتناک چہرہ بنائے ہوئے۔

ہری کا تیسرا غم اس کا کمرہ تھا۔ یہ کمرہ مہندر ناتھ کے ادب اور اس کی زندگی میں بہت اہمیت رکھتا ہے۔ کیوں کہ یہ وہی کمرہ تھا۔ جس میں مہندر ناتھ جیا اور مرا۔ یہ کمرہ مہندر ناتھ کے ادب میں بار بار آتا ہے۔ اس کے لافانی افسلنے " جہاں میں رہتا ہوں"۔ "آدمی اور سکّے" میں۔ "رات اندھیری" میں اور" اسکینڈل" میں۔ یہ کمرہ۔ کمرہ نہیں ہے بقول نارائن (رات اندھیری ہے کامز دور نینتا)"۔ یہ بہت بڑا ناسور ہے جو بمبئی کے ایک سرے سے دوسرے سرے تک ہی نہیں پورے ہندوستان میں پھیلا ہوا ہے۔ ...... اسے ٹھیک کرنا ہوگا۔ قابلِ نفرت یہ کمرہ نہیں ہے۔ وہ حالات ہیں جو اس کمرہ کو جنم دیتے ہیں"۔

یہ کمرہ سمبل ہے۔ آزادی کے بعد بھی عام انسان کے وہیں کے وہیں کھڑے رہنے کا۔ "سورج نکلتا تب بھی کمرہ میں روشنی نہ آتی ہر طرف اندھیرا۔ کمروں میں اندھیرا۔ برآمدے میں اندھیرا۔ نلوں پر اندھیرا۔ سیڑھیوں پر اندھیرا۔ چہروں پر اندھیرا۔ کپڑوں پر اندھیرا۔ آنکھوں پر اندھیرا۔

دلوں پر اندھیرا۔ اندھیرے نے برسوں سے یہاں یلغار کر رکھی تھی۔ ایک ہیبت قسم کی منحوسیت۔ ایک بے رحم بے حسی لاچاری۔ نفرت انگیز غربت۔ بھوک یاسیت چاروں طرف دم توڑ رہی تھی۔"

" جانے سے پہلے میرے گھر کی سیڑھیاں دیکھتے جایئے۔ یہ سیڑھیاں سنگِ مرمر کی نہیں ہیں۔ نہایت میلی گندی بدبودار سیڑھیاں ہیں۔ ان سیڑھیوں پر برسوں کی غربت کے نشان ہیں پہلی سیڑھی چڑھیں گے تو وہاں آپ کو ایک بچہ نظر آئے گا۔ نہایت دُبلا پتلا۔ ننگا۔ اس کا پیٹ بڑھا ہوا۔ ناک بہتی ہوئی۔ سیڑھیاں چڑھنے کی کوشش کرتا ہوا۔ قریب ہی ایک بالٹی ہے جس میں تمام گھروں کا گند رکھا ہوا ہے جب میں نیا نیا اس بلڈنگ میں آیا تھا تو بلڈنگ کی بدبو سے میرا دماغ متعفن ہو گیا تھا۔ لیکن اب یہ بدبو۔ یہ سیڑھیاں۔ یہ بچے۔ یہ مفلسی۔ یہ بیماری میری زندگی کا ایک جزو بن گئی ہیں۔ ان میلی سیڑھیوں کے سینے پر ہمیشہ گندے بچوں نے اپنے قدم رکھے۔ میلی سوکھی ہوئی گندی عورتوں نے اترتے چڑھتے ہوئے ان سیڑھیوں پر تھوکا۔ مردوں نے ان سیڑھیوں پر سے اپنی عورتوں کو دھکا دیا۔ تاکہ وہ مر جائیں۔ کبھی ان سیڑھیوں پر آسودہ دنوں نے جھانک کر نہ دیکھا۔ خوبصورت بچوں نے اپنے نرم ہونٹوں سے انھیں پیار نہ کیا۔ نہ ہی نئی نویلی دُلہنوں نے اپنی ساڑھیوں سے انھیں چھوا۔ رات کے اندھیرے میں ان سیڑھیوں پر کھڑے ہو کر کسی نے ایک دوسرے کا بوسہ نہ لیا۔ وہ بوسہ جس میں نشاط اور محبت کی گرمی ہو۔ سیڑھیاں چڑھتے چڑھتے کبھی کسی کے ہاتھ ایک دوسرے سے مس نہ ہوئے۔ یہاں صابن یا فنائل کے استعمال سے کچھ نہ ہوگا۔ محض سیڑھیاں دھونے سے کچھ نہ ہوگا۔ یہاں تو کچھ اور ہی ......"

(اسکینڈل)

مہندر ناتھ کو اس کرہ پر بہت غصہ آتا تھا۔ مہندر ناتھ کو ان لوگوں پر بھی بہت غصہ آتا تھا جو اقدار کے پابند نہیں۔

" جب کوئی دوست اس سے جھوٹ بولتا تھا تو اس کا خون غصہ سے کھولنے لگتا۔ جب کوئی واقف کار کمینی حرکت کرتا تو کافی عرصہ تک وہ دل میں کڑھتا رہتا۔ اسی مسئلہ پر غور کرتا رہتا۔ پتھر اور دھات کے زمانے سے انسان نے اخلاقی اور روحانی طور پر کتنی ترقی کی ہے۔

کیا انسان واقعی بدل گیا تھا۔ باہر کا انسان نہیں جو نائیلان کا سوٹ پہنتا تھا۔ نکٹائی لگاتا تھا۔ جو ریڈیو سنتا تھا یا سینما دیکھتا تھا۔ جو موٹر اور ہوائی جہاز میں سفر کرتا تھا بلکہ اندر کا انسان۔ کیا وہ واقعی بہتر انسان بن گیا تھا؟ .... بنیادی طور پر انسان وہیں کا وہیں کھڑا تھا۔ اس کے رہن سہن بول چال۔ اس کی سائنسی ترقی میں حیرت انگیز اضافہ ہوا تھا۔ لیکن وہ ابھی تک طاقت کا بھوکا تھا۔ کنبہ پروری اور رشتہ داروں کو آگے بڑھانا۔ اپنی انا کے سہارے باقیوں کو کچلنا اس کا روزمرہ کا کام تھا۔ ...... ہر شخص اپنی ڈیڑھ اینٹ کی مسجد بنائے بیٹھا تھا۔ ہر رہبر اپنے گرد چند حواریوں کو اکٹھا کر کے تقریر کر رہا تھا۔ اور لوگ بھوکے ننگے۔ جاہل۔ ان پڑھ ان کی طرف پھٹی پھٹی نظروں سے دیکھ رہے تھے ...... اسی لئے تو اسے کوئی چیز اچھی نہ لگتی تھی۔ نہ مرنے کو جی چاہتا تھا نہ جینے کو۔ زندہ رہنے کو ...... زندہ رہنے کے لئے کوئی آدرش ہونا چاہئے۔ ایک ایسا نصب العین۔ جو انسان کو زندہ رہنے کے لئے مجبور کر دے۔ جو اس کی رگوں میں آگ بھر دے۔ دل کی ویرانیوں کو شاداب کر دے۔" (ناول۔ سورج۔ ریت اور گناہ)

سیاسی شعور

ہم انقلاب کے قابل نہیں۔ ہمارے ذہنوں میں تین کمرے کا فلیٹ۔ ایک کار۔ ایک بیوی۔ اس طرح گھسی ہوئی ہے کہ اس کا ذہن سے نکالنا مشکل ہے۔ چاندی کے سکوں نے انقلاب کے حسین چہرہ پر ایک خوفناک لیپ کر دیا ہے اور اسے بدنما اور مکروہ بنا دیا ہے ہم سب اپنے اپنے بلوں میں گھس گئے ہیں۔ اپنی بیویوں اور بچوں کے ساتھ کچھ سال زندہ رہیں گے۔ اور پھر اپنے اپنے بلوں میں مر جائیں گے۔ دراصل ہم سب چوہے ہیں۔" (سورج۔ ریت اور گناہ)

مہندر ناتھ کوتاہ نظر یا حقیقت سے انکار کرنے والا ادیب نہ تھا۔ وہ زندگی کے برے اور اچھے دونوں حقائق کو سمجھتا اور تسلیم کرتا تھا اسے ہندوستان کے آزاد ہونے کا احساس تھا۔

وہ فخر کرتا تھا کہ ہندوستان آزاد ہوگیا۔ اسے اس ترقی کا بھی احساس تھا جو ہندوستان کر رہا تھا۔ مگر اُسے ترقی کی سُست رفتاری..... محض اُوپر کے طبقوں کو نہال کرنے کا گلہ تھا۔ اس طرح مہندر ناتھ سوفیصدی وطن پرست، حقیقت آشنا تھا مگر اشتراکی تھا۔

"آزادی کے بعد کا ہندوستان ترقی کی طرف رواں دواں تھا۔ لیکن آزاد ہندوستان کے قدموں کی رفتار اتنی سُست تھی کہ ہزاروں لاکھوں انسانوں کا قافلہ فاقوں میں مبتلا تھا۔ ایک نئی زندگی کی بنیادیں رکھی جارہی تھیں۔ پُرانا نظام ختم ہو رہا تھا اور ایک نیا سُورج طلوع ہو رہا تھا۔ لیکن نئے سورج کی کرنیں اُونچے اونچے مکانوں اور برجوں پر پڑ رہی تھیں۔ جھونپڑوں اور کچی سڑکوں پر ابھی تک نگاہِ کرم نہ تھی۔ (سورج۔ ریت اور گناہ)

ادبی ایمان

مہندر ناتھ اشتراکی انقلاب کا قائل تھا۔ اس کے لئے یہ اندھیرے سے نجات اور روشنی تک رسائی تک مترادف تھا۔ یہ انسان کو اس کے بل سے نکال کر ایک بڑے مقصد والی جدو جہد میں فٹ کرتا تھا۔ وہ جانتا تھا کہ جب تک انسان کی بنیادی ضروریات کی گارنٹی سماج نہ دے گا۔ وہ اپنی خود غرضانہ جدوجہد میں لگا رہے گا اور کمین سے کمین تر ہوتا جائے گا۔ عجیب بات ہے کہ نقادوں نے مہندر ناتھ کو جنسی افسانہ نگاروں کی صف میں شامل کیا۔ وہ مہندر ناتھ کے ناولوں اور افسانوں میں اس جنسی، اشتراکی رجحان کو نہ دیکھ پائے۔ جس کے سہارے مہندر ناتھ نے 'عورت' میں نہیں ایک نظام میں اپنے غم کا علاج دیکھا۔ اس کے افسانوں میں عورت کا بکنا یا پیشہ کمانا جنسی فعل نہیں ہے بلکہ وہ اقتصادی نظام کی کوتاہی ہے۔ جس میں عورت کام کر کے نہیں، جسم بیچ کر ہی جی سکتی ہے۔ جسم بیچنے والی عورت اور بیکار پھرنے والا نوجوان، دونوں نظام کا شکار ہیں اور بمبئی کے اونچے طبقہ میں تو مرد بھی عورت کی طرح بکتا ہے، جیسے عیش پسند دولت مند عورتیں خریدتی ہیں۔ جگدیش اور محبوب علی ایسے ہی کردار ہیں۔ اس طرح مہندر ناتھ بنیادی طور پر ایک

اشتراکی اور انقلابی ادیب تھا۔ جس نے اپنے افسانے یا ناول میں بے جھجک ایک انقلابی کردار کو پیش کرنے کی جرأت کی۔ وہ اس بات سے نہیں گھبراتا تھا کہ اسے پروپیگنڈسٹ کہا جائے گا۔ اس نے لکھا "اگر سچائی پروپیگنڈہ ہے تو اسے لکھنا ہر شریف آدمی کا کام ہے" اس لئے اس نے بیانگ دہل پروپیگنڈہ کیا۔ اس نے لکھا۔ "جو نظام انسانوں کو کام نہ دے سکا، ضرور ختم ہو جائے گا۔" (اجنبیوں کا شہر)۔ "یہ دُنیا مجھے بالکل پسند نہیں۔ میں اس دنیا میں بالکل رہنا نہیں چاہتا۔ ہاں اس قسم کی دنیا میں۔ یہ کہنے میں مجھے کچھ عار نہیں کہ مجھے امیر آدمیوں سے نفرت ہے۔ میں انھیں انسان نما حیوان سمجھتا ہوں۔ یہ لوگ ایسی غلاظت سے آلودہ ہیں جسے کوئی صاف نہیں کر سکتا۔ میں چاہتا ہوں کہ اس طرح کی دُنیا بدل دی جائے۔ میں کمیونسٹ نہیں۔ مگر مجھے کمیونزم کی فلاسفی پسند ہے۔" (سورج، ریت اور گناہ)

طرزِ تحریر

مہندر ناتھ کا طرزِ تحریر سادہ ہے۔ کرشن چندر کی طرح اس میں شاعرانہ عناصر کی بہتات نہیں یقیناً اس نے کسی خاص طرزِ تحریر کو جنم نہیں دیا اور ہم مہندر ناتھ کو "صاحبِ طرز" نہیں کہہ سکتے۔ اس کی تحریر میں گرامر کی غلطیاں ہیں اور نظم وضبط کم نظر آتا ہے لیکن جہاں جذبات کی شدت ہوتی ہے وہاں اس میں حیران کن روانی اور شاعرانہ رنگ اُبھر آتا ہے۔

"بھول جاؤ۔ ان دیواروں کو بھول جاؤ۔ اس فرش کو بھول جاؤ۔ اس کے آگے کچھ نہیں۔ اس کے آگے پھسلنا ہے۔ گہری غار ہے۔ نگاہ کی کوئی مٹھاس نہیں۔ کوئی دلخراش آواز نہیں کوئی نغمہ نہیں۔ کوئی آہ نہیں۔ کوئی ٹیس نہیں۔ کوئی ساحل نہیں، کوئی لہر نہیں۔ کوئی جادو نہیں۔ کوئی آگ نہیں۔ کوئی درد نہیں۔ کوئی جنت نہیں۔ کوئی دوزخ نہیں۔ کوئی راحت نہیں۔ کوئی لگن نہیں۔ کوئی پیار نہیں۔ کوئی حسن نہیں۔ کوئی آواز نہیں۔ کوئی سنگم نہیں۔ اس ملن کے بعد جُدائی ہے موت ہے۔ تاریکی ہے۔ بھوک ہے۔ بیکاری ہے۔ انسانوں کی کمینگی ہے۔ چھوٹے دلوں کی دُنیا ہے۔

چھوٹی دیواروں اور ٹیڑھی دیواروں کی دُنیا ہے۔"

ادبی حیثیت

بیشتر نقاد یہ کہتے آئے ہیں کہ مہندر ناتھ، کرشن چندر کے سائے کی وجہ سے اُبھر نہ سکا۔ ادب میں بھی چھوٹا بھائی بن کر رہ گیا۔ مہندر ناتھ تقسیم ملک کے وقت تک اُردو کے مقبول اور معروف ترین افسانہ نگاروں میں سے ایک تھا۔ اس وقت تک کا کوئی جریدہ اس کی کہانیوں سے خالی نہ ہوتا تھا۔ وہ ساقی، ادب لطیف۔ ادبی دُنیا جیسے چوٹی کے پرچوں کا مطلوبہ افسانہ نگار تھا۔ اس کے رنگ میں نہ کرشن چندر کے رنگ کی جھلک تھی اور نہ اس سے مغلوب رہنے کی مردنی۔ وہ اپنی جگہ آزادانہ طور پر کھڑا ایک ستون تھا۔ ملک کی تقسیم کے بعد بھی وہ پاکستانی رسالوں کا محبوب افسانہ نگار تھا آخر دم تک اس کی اپنی 'ادبی ڈاک' کم نہ ہوئی تھی۔ اگر مہندر ناتھ شکار ہوا تو کرشن چندر کا نہیں، پورے ترقی پسند ادب کے نیتاؤں کا۔ ان نیتاؤں نے روس سرکار سے بھی دعوت نامے اور انعام لیئے اور بھارت سرکار سے بھی۔ خود بھی لئے اور بیسیوں کو دلائے۔ سویت لینڈ کے نہرو ایوارڈ وہ دے گئے جنہوں نے افسانے کے نام پر ڈھیلی چول کے ادبی ڈھانچے بھی نہ ٹھونکے تھے۔ لیکن مہندر ناتھ کی باری نہ آئی۔ کرشن چندر کا اثر کوئی اول مہندر ناتھ کی ادبی زندگی میں رہا ہے تو وہ یہ کہ وہ "غیر جانب دار" بنا رہا، مہندر کے لئے کہوں گا تو لوگ کہیں گے، بھائی کے لئے کہتا ہے؟۔ اسی ذہنی کمپلیکس میں کرشن چندر نے مہندر ناتھ کو اس کا دُنیاوی حق دلانے میں کوئی پارٹ ادا نہ کیا۔ اس ضمن میں ہم کہہ سکتے ہیں کہ مہندر ناتھ، کرشن چندر کا بھائی ہونے کی وجہ سے "اُبھر نہ سکا۔

لیکن حق یہ ہے کہ مہندر ناتھ کے ساتھ کے سارے ادیب اور شاعر مارے گئے۔ کیوں کہ ہندوستان میں اردو ماری گئی۔ بٹوارے نے اردو کا بیڑا غرق کر دیا۔ اور پاکستان کی پالیسی نے ہندوستان اور پاکستان میں ادبی بیوپار ختم کر دیا۔ اگر مارکٹ کھلا رہتا۔ اردو کے پرچوں اور کتابوں پر "سرحدی پابندیاں" عائد نہ

ہوتیں تو مہندر ناتھ اُردو کا اتنا ہی درخشاں افسانہ نگار ہوتا۔ جتنا وہ جوبٹوارے سے پہلے "بن" گئے۔ علاوہ ازیں اردو کو نقاد نہیں ملے۔ اس ملک میں نقاد ہوئے ہی نہیں اور جو دو ایک ہوئے وہ دو چار ادیبوں کو پڑھ کر باقی کو پڑھنے سے دستبردار ہوگئے۔ اس صورتِ حال نے اُن ادیبوں کے ادب کی ادبی پیمائش نہ ہونے دی جو دوسرے دور میں آئے اگر مہندر ناتھ کا ذکر اردو تنقید میں کم ہے تو قصور مہندر ناتھ کا نہیں ہے۔ قصور ان نقادوں اور افسانہ نگاروں کا ہے جنہوں نے تقسیم ہند کے بعد پڑھنا اور لکھنا چھوڑ کر ادب سے زیادہ سیاست کے تالابوں میں سے مچھلی پکڑنا شروع کر دیا اور اپنی ادبی دوکانوں کے کواڑ گرا کر بورڈ ٹانگ دیا۔ "یہاں کا پہلا بزنس بند ہوگیا ہے کیونکہ اردو ادب میں جمود آگیا ہے۔"

ادیب + انسان

اشتراکیت میں ایمان اور ادب میں اس کی ترویج نئی بات نہیں ہے۔ بہت سے ترقی پسند ادیبوں نے ایسا کیا۔ لیکن جو بات مہندر ناتھ کے قد کو ان سے اونچا بناتی ہے وہ عملی زندگی میں بھی اس کا اطلاق ہے۔ مہندر ناتھ آخری دم تک ترقی پسند تحریک کے ساتھ رہا۔ تنظیم میں بھی وہ پیش پیش رہا۔ وہ لمبے عرصے تک بمبئی شاخ کا سکریٹری رہا تھا۔ بھیمڑی میں جب ترقی پسندوں نے عملی جدوجہد کا ریزولیوشن پاس کیا تو مہندر ناتھ مکا دکھانے والوں میں تھا۔ اس کے بعد اس نے فلمی مصنفوں کی انجمن کی تنظیم کی اور ان کے حقوق حفاظت کے لئے اس خلوص، لگن اور ایمانداری سے کام کیا کہ مرتے دم تک بلا مقابلہ جنرل سکریٹری چُنا جاتا رہا۔ جب اس کی موت ہوئی تو خواجہ احمد عباس نے کہا۔ "آج دُرگا دیوی ہی بیوہ نہیں ہوئی ہے فلم رائٹرس ایسوسی ایشن بھی بیوہ ہوئی ہے۔" مہندر ناتھ بیکار رہا۔ وہ اس کمرہ سے بڑا کمرہ نہ لے سکا۔ جس میں وہ ۲۵ سال پہلے آیا تھا۔ اس نے کوئی بینک بیلنس نہ چھوڑا۔ وہ بہت سی چیزیں حاصل کر سکتا تھا لیکن اس نے حاصل نہ کیں۔ کیوں کہ ان کے لئے

اسے اقدار سے گرنا پڑتا تھا۔ اس کا ادبی ایمان کتابوں تک محدود نہ رہا۔ وہ اس کی زندگی میں بھی سرایت کر گیا۔ اور مہندر ناتھ اس تضاد کا شکار نہ ہوا۔ جس کے شکار آج بہت سے ترقی پسند ہیں۔ "چاندی کے تار" والا مہندر ناتھ۔ آخر تک قد میں باون گز اور کھرے پن میں ۲۴ کیرٹ کا رہا۔ مہندر ناتھ ادیب نفی انسان نہیں، ادیب جمع انسان تھا۔

ایک عاشق

لیکن مہندر ناتھ محض اشتراکی، یا آدرش وادی نہ تھا۔ وہ ایک بڑا عاشق تھا۔ یونانیوں کی طرح وہ تندرست جسم اور صحت مند محبت کا قائل تھا۔ اسے دھوپ سے اور چاندنی سے محبت تھی۔ جسم کو وہ زندگی کا جمالیاتی "مظہر سمجھتا تھا۔ اسے مریل جسم اور نیم مُردہ جذبے سے نفرت تھی بلکہ اس کی لڑائی اُس نظام اور اس ذہنیت سے تھی جو ان کو جنم دیتے ہیں۔ اس کے ناولوں اور کہانیوں میں جا بجا کولہوں، چھاتیوں، پنڈلیوں کا ذکر ملتا ہے۔ ان کا ذکر وہ بے جھجک کرتا ہے مگر یہ سیکس نہیں صحت کے نشان ہیں۔ مہندر ناتھ خود ایک چھ فٹ کا تندرست نوجوان تھا۔ اور چاہتا تھا کہ ہر انسان اس کی طرح صحت سے مالا مال ہو۔ اسے عورت سے بے پناہ عشق تھا۔ وہ نہیں چاہتا تھا کہ چاندی سی عورت سکوں کے لئے بکے۔ وہ عورت سے محض جنسی رشتے کا قائل نہ تھا وہ اسے اپنی زندگی میں برابر کا باقاعدہ رتبہ دینا چاہتا ہے اور اس کی کہانیوں کا المیہ یہ ہے کہ جو عورت ملی، وہ بکی ہوئی تھی۔ بک رہی تھی یا آدمی اسے با عزت اور اقتصادی اعتبار سے محفوظ زندگی دینے کے اہل نہ تھا۔ ادب میں عورت کو معشوق نہیں، باعزت بیوی کا روپ دینے کی سماجی خواہش مہندر ناتھ کے ادب کا خاصہ ہے۔ عورت کے لئے اس کا عشق بستر میں چند لمحوں سے پھیل کر زندگی کے اس چھور سے اس چھور تک "پورے ساتھ" کے آدرش میں ڈھل گیا تھا۔

فطرت

مہندر ناتھ کرشن چندر کا بھائی اور کشمیر کا باسی تھا۔ کرشن چندر کی طرح اس کے ادب

یں فطرت ایک کردار یا ایک پس منظر کے طور پر نہیں آتی ہے۔اس کے ادب میں ناریل کے پیڑ، سمندر۔ نیلے آسمان، چمکیلی دھوپ، نم ہوا اور اوس کا ذکر ہے لیکن یہ سب اپنی الگ ہستی نہیں رکھتے۔ یہ ایک کھلی۔ بے گھٹن اور صحت مند زندگی کی اُمنگ کے نشان ہیں۔ مہندر ناتھ فطرت کے پاس واپس جانا نہیں چاہتا۔ لیکن وہ ایک ایسا کھلا مکان چاہتا ہے جس میں سے وہ ان کو دیکھ کر اپنے جسم اور اپنے جذبے کو زندگی اور تابناکی بخشتا رہے۔اس طرح فطرت کی ضرورت مہندر ناتھ کو شاعر کی طرح نہیں ٹاؤن پلانر اور فن تعمیر کے ماہر "آرچی ٹیکٹ کی طرح ہے۔

مہندر ناتھ کے ادب میں جمود نہیں۔کیوں کہ اس نے بلیو پرنٹ"۔ "اگر میں مرجاؤں تو" "چائے کی پیالی"، "ایک پھول ایک کار"۔ "ادھ چھلا سنگترہ اور ڈبل روٹی کا ٹکڑا"، "اجنبیوں کا شہر"، "لوفر"، "رات اندھیری ہے" اور "سورج ریت اور گناہ" جیسے افسانے اور ناول لکھے۔

مہندر ناتھ انسانوں میں ادیب نہیں تھا۔ ادیبوں میں انسان تھا۔ یہ بات اس کی ذات تک محدود نہیں ہے اس کے ڈانڈے اس کے ادب سے بھی ملتے ہیں۔اس کی لوح پر یہ عبارت بے جھجک لکھی جاسکتی ہے۔

حِنائی اُنگلیاں

کیا کرتے ہو راجندر بھیّا — ؟ کچھ نہیں بی اے پاس کر چکا ہوں " اب کیا کر رہے ہو؟ ایم اے کی تیاری کر رہا ہوں — " پھر کیا کرو گے بی اے کا امتحان پھر دوں گا۔ ۔ آہا — آہا — آہا — ہا ہا ہا ہا —

سالی نوکری نہیں ملتی ۔ بہت کوشش کر چکا ہوں ۔ جھوٹ بکتے ہو۔ رات دن گھر میں رہتے ہو۔ اور اپنے ماں باپ کا خزانہ خالی کر رہے اور پھر کہتے ہو بہت کوشش کر چکا ہوں ۔ تم کیا کوشش کرو گے ۔ تم میں کام کرنے کی صلاحیت ہی نہیں ۔ تم کام کر ہی نہیں سکتے۔ جو کام کرنا چاہتے ہیں۔ وہ کام لے آتے ہیں — تم کاٹھ کے اُلّو ہو ۔ تُم کیا کرو گے ۔ بوٹ پالش کرو بوٹ — سُنا تم نے — کیا کبھی کسی سے ملنے گئے — کسی کی سفارش حاصل کرنے کے لئے ہاتھ پاؤں مارے — کسی کے ہاں جوتیاں چٹخائیں ۔ کسی کے لڑکے کو مُفت پڑھایا ۔ کسی کی چاپلوسی کی، کسی کی تعریف میں قصیدے پڑھے ۔ اور پھر کہتے ہو بہت کوشش کر چکا ہوں ، جاہل بے وقوف — کیا نوکری اس طرح ملا کرتی ہے ۔ آج کل کے لڑکے کام تو کرتے نہیں ۔ وہ تو چاہتے ہیں کہ بیٹھے بٹھائے کوئی کام مل جائے ، ہزاروں کی تھیلی ہاتھ میں آجائے اور پھر وہ گلچھرے اُڑائیں ۔ ناک سے دھواں نکالیں ۔ سینما دیکھیں اور نسبت روڈ پر لڑکیوں سے دِلّگی کریں ۔ بدمعاش ۔ شہدے کہیں کے ۔

میری طرف نہیں دیکھتے ، سُوکھ کر کانٹا ہو گیا ہُوں ۔ جسم ہڈیوں کا ڈھانچہ بن گیا ہے ۔ بے کس

طرح ہوا۔ کیوں کر ہوا۔ تمھاری طرح ہی تھا۔ موٹا ـــــ تازہ ـــــ آنکھوں میں چمک تھی۔ جسم گوشت سے بھرا ہوا تھا ـــــ چہرے پر دلآویزی تھی ـــــ کیا مر گئی؟ ـــــ کیا گیا! ـــــ؟ جونک پی گئی! ـــــ کہا نہ تھا۔ محنت کرو خوب دل لگا کر پڑھو ـــــ ایم اے میں سیکنڈ ڈویژن لو۔ تم کیا جانو نوکری کس طرح ملتی ہے۔ جاؤ ڈنڈ پیلو، اکھاڑے میں جاؤ۔ مالش کرو ـــــ آئے پڑھنے اور پھر کہتے ہو نوکری نہیں ملتی ـــــ

کام کرنے سے نوکری ملتی ہے۔ میاں! پروین گھوش کی طرح۔ آنکھیں اندر دھنس گئی ہیں۔ چھاتی دکھتی ہے ـــــ پھیپھڑوں سے خون آتا ہے۔ گورنمنٹ نے انھیں پی ایچ ڈی کی ڈگری دی ہے۔ اور ایک ہزار روپے ماہوار تنخواہ دے گی۔ سولن جا رہے ہیں۔ ایسے نوکری ملتی ہے ـــــ

تمھیں تپ دق چاہئے ـــــ یا نوکری ـــــ آہا ـــــ اوہ ـــــ ہو ـــــ تپ دق جاؤ ـــــ سولن وارڈ میں رہو۔ اور لوگوں سے پوچھو کہ انھیں کیوں تپ دق ہو گیا ـــــ وٹامن کھانے کو نہیں ملتا ـــــ دودھ پینے کو نہیں ملتا۔ اور صاف ہوا سانس لینے کو نہیں ملتی، نوکر ہو کر کیا کرو گے۔ شادی کرو گے۔ کیا تمھیں دنیا میں اور کوئی کام نہیں۔ نوکری کے بعد شادی عورت ـــــ عورتیں تو بازار میں پھرتی ہیں۔ کسی ایک کو پکڑ لو۔ ـــــ ارے جونیوں سے ڈرتے ہو، جونیوں سے یا موت سے۔ مرے اللہ غلام بھی کوئی نہ ہو ـــــ عورت سے ڈرتے ہو۔ غلام کہیں کے۔ آزادی نہیں ملتی۔ ملے کیوں کر ـــــ اچھا آؤ۔ ایک اور راستہ دکھاؤں، جاؤ اس بازار میں جہاں عورتیں بکتی ہیں۔ سمجھ گئے۔ میں کئی بار گیا ہوں۔ جب تک شادی نہیں کی تھی، ، روز جاتا تھا۔ ارے کیا کہا سوزاک، سوزاک سے ڈرتے ہو، ربّ کا دواخانہ موجود ہے، کویراج شامداس موجود ہے پاگل! خود میرے پاس ایک مجرب نسخہ ہے۔ ایک دن میں پیپ جلن بند۔ ایک بار مجھے بھی ہوا تھا۔ سنا تم نے، سوزاک نہیں، آتشک، کچھ بھی نہیں ہوتا ـــــ خون خراب ہو جاتا ہے جسم پر پھوڑے نکل آتے ہیں۔ اور پھر ـــــ پھر ـــــ علاج کراؤ تو مکتی مل جاتی ہے۔ کتنا سہل طریقہ ہے مکتی حاصل کرنے کا عورت کے ذریعے مکتی۔

❖

کیا کہا کوڑھ ہو جائے گا۔کوڑھ سے ڈرتے ہو۔ارے میاں تم بہت ڈرپوک ہو، ہر روز جذامیوں کو راستے میں لیٹے ہوئے دیکھتے ہو اور پھر بھی ان سے ڈرتے ہو۔ میں سمجھ گیا تم عورت سے ڈرتے ہو۔تم نروان حاصل کرنا نہیں چاہتے۔میں —— میں —— چھ بچوں کا باپ ہوں۔اور بچوں کو میں نے آتشک دیا ہے۔ایک کی آنکھیں اندھی ہو گئی ہیں اور دوسرے کی ٹانگیں، ٹیڑھی ہو گئی ہیں۔اور میری بیوی کو بھی آتشک ہو گیا ہے۔ لائلپور رے کر گیا تھا۔لیڈی ڈاکٹر کہنے لگی۔

تم اچھی لڑکی ہو۔ تمارا کوئی کسور نہیں۔ سارا تمھارے خاوند کا قصور ہے وہ بدمعاش ہے۔ تم مت رو۔اچھا ہو جائے گا۔ خدا غارت کرے اس لیڈی ڈاکٹر کو۔ارے میری بیوی کو اچھا کر دیا کیوں —— مجھے اپنی بیوی سے نفرت ہے کتنی بدصورت ہے میں ایک آرٹسٹ ہوں، مجھے خوبصورتی پسند ہے، خوبصورت عورتیں، گول گول مکھن کی طرح سپید بازو۔ دلکش نکھری ہوئی رنگت، آنکھیں جیسے۔ کیا کہا۔کوئلے کی طرح کیا کہا۔ مرگی —— نہیں نہیں۔میری بیوی زندہ ہے اور میں بھی زندہ ہوں لیکن پھر بھی اس بازار میں جاتا ہوں، جہاں عورتیں بکتی ہیں، اجناس کی طرح، تم کہتے تھے، کہ جانا بند کر دیا —— جھوٹ بکتا تھا۔مجھے حسن چاہیئے۔ خوبصورت عورتوں کے بغیر میں زندہ نہیں رہ سکتا۔

کیا کہا آس پاس کے گلی کوچوں میں۔ارے بھئی نہیں —— شریف آدمی پھانس سکتے ہیں۔میں رات کے اندھیرے میں جاتا ہوں۔لوگ رات کو جاتے ہیں۔میں ایک اچھے عہدے پر فائز ہوں۔کیا کہا۔رات کو جاؤں۔ ہاں سمجھ گیا تمھاری چالاکی۔ دفتر سے نکلوانا چاہتے ہو اور میری جگہ حاصل کرنا چاہتے ہو۔کبھی نہیں، میں دن کو جاؤں گا۔رات کو بدمعاش جاتے ہیں۔ میں شریف ہوں ۔ میں نے شادی کی ہوئی ہے۔ میرے بال بچے ہیں۔میں دن کو جاتا ہوں۔

اوہ —— تم نے مس شمسی نہیں دیکھی، خدا کی قسم —— نری مورت ہے، سونے کی مورت. تم کیا جانو —— اس میں کتنی کشش ہے، اس کی گول گول باہنوں میں کتنی لطافت ہے، اس سپید سپید —— مرمریں ہاتھوں میں کتنا سکون ہے۔اور پھر مس جلو —— اُف اس کی

آنکھیں تیر کی طرح کلیجہ میں پیوست ہو جاتی ہیں۔ اور ہاں یاد آیا مس بانو ـــــ خدا اس کی عمر لمبی کرے ارے دیکھو لوٹ پوٹ ہو جاؤ۔ اسے مجھ سے کتنی محبت ہے۔ بے انداز محبت ـــــ ایک دن میں اس کے کوٹھے پر ایک ہفتے کے بعد گیا۔ کہنے لگی میں تجھ سے محبت کرتی ہوں، حرامزادے تو ـــــ تو دوسری رنڈیوں کے پاس جاتا ہے۔ بتاؤ مجھ میں کیا کمی ہے۔ کیا تم مجھے حیوان سمجھتے ہو۔ کیا میں محبت نہیں کر سکتی۔ کیا میں جذبات سے مبرّا ہوں، کیا میں محسوس نہیں کر سکتی۔ حرامی، گدھے، میں کتنے عرصے سے تیرے فراق میں گھل رہی ہوں۔ آج چڑھا ہے میرے ہاتھ ـــــ میں تمھیں خوب پیٹوں گی ـــــ کیوں جاتے ہو کسی کے گھر، بولو، کہو، نہیں نہیں۔ معاف کر دو۔ اب کبھی نہ جاؤں گا۔ اب کہیں نہ جاؤں گا۔ اب معاف کر دو۔ لیکن اس نے میرا بوٹ چھپا لیا۔ اور کہنے لگی جاؤ ـــــ مردود ـــــ بے حیا ـــــ دوسری رنڈیوں کے پاس جاتا ہے، میں نے اس کے پاؤں پکڑ لیے۔ خدارا ـــــ کیوں دفتر سے نکلواتی ہو۔ کہاں جاؤں ننگے پاؤں، ننگے سر کسی نے دیکھ لیا تو ـــــ کہہ دینا کہ پاگل ہو گیا ہوں۔ حیوان ہوں۔ کیا کہا ـــــ میں پاگل ہوں۔ کیا میں پاگل ہوں، میں بالکل پاگل نہیں، ہجڑا ہوں، ہجڑا۔ نہیں ـــــ نہیں ـــــ نہیں میرے چھ بچے ہیں۔ مجھے کون ہجڑا کہتا ہے، میں چھ بچوں کا باپ ہوں۔

☆

اور میں بھول گیا۔ تم بھی چلو گے، ارے بھئی ایک اور پرانی واقف کار آئی ہے بالکل نئی، راولپنڈی سے آئی ہے، دیکھو تو تڑپ اٹھو۔ کانوں میں چمکتے ہوئے آویزے۔ باہوں میں سبز رنگ کی چوڑیاں اور بدن پر سرسراتی ہوئی آسمانی رنگ کی ساڑی۔ کاش تم اسے دیکھ سکو۔ اوہ تم بازار جانے سے ڈرتے ہو۔ عورتوں سے۔ مردوں سے۔ بڑے آدمیوں سے۔ بچوں سے اور اپنے آپ سے بھی۔ چلو میرے ساتھ۔ اس نے ایک محلہ میں جگہ لی ہوئی ہے۔ میں ہر روز وہاں جاتا ہوں۔ کوئی پوچھتا ہے تو کہتا ہوں کہ میرے رشتہ دار کا گھر ہے، میرے ماموں کی لڑکی رہتی ہے، میری سالی رہتی ہے۔ ہنس رہے ہو۔ کیا کہا ـــــ روپیہ نہیں ـــــ پاگل چوری کرو۔ ڈاکہ

ڈالو۔ پولیس سے ڈرتے ہو۔ ارے ارے ہر آدمی سے ڈرتے ہو۔ تم تو خوف سے بھی خوف کھاتے ہو۔ کیا کہا —— بیماری بیماری سے ڈرتے ہو۔ ڈاکٹروں سے ڈرتے ہو۔ اُٹھو چلو بھی۔ کتنے عرصے سے تمہارے یہاں بیٹھا ہوا ہوں، کچھ تو خیال کرو۔ دُنیا دیکھ لو۔ میاں ارے ارے رو رہے ہو۔ بیماری —— بیماری اتنا بھی کیا ڈر۔ دیکھو میں بھی بالکل تندرست ہوں صحت مند ہوں۔ کیا ہوا۔ کہ جسم پر گوشت نہیں۔ کیا ہوا کہ ایک قلم کی طرح دُبلا پتلا ہوں۔ دیکھ سانس برابر آ جا رہا ہے۔ ہر روز روٹی کھاتا ہوں اور تم کیا کرتے ہو۔ دن رات گھر پر پڑے رہتے ہو۔ مکھیاں مارتے ہو، ہوش کی دوا کر۔ راجیندر بھائی۔

❖

گھر گھر —— میاؤں میاؤں، کون بول رہا ہے۔ اختر بھائی۔ بلیاں۔ بلیاں ارے چوہے کہاں ہیں، ارے چوہے کہاں ہیں! وہ تم یہ بھی نہیں دیکھتے۔ تمہارے سامنے۔ تمہارے آگے۔ تمہارے دائیں بائیں۔ اُوپر نیچے۔ ہر روز دیکھتے ہو، گلیوں میں، بازاروں میں، ارے ۳۵ لاکھ چوہے ہیں —— آہا —— آہا —— آہا —— بی —— بی —— بی —— ۳۵ لاکھ چوہے ہیں۔ ؟ ارے بلیاں کدھر گئیں۔ وہ دیکھو سامنے۔ میں آنکھیں بند کر لیتا ہوں۔ کہاں ہیں، دکھائی نہیں دیتیں۔ ارے بلیاں کہاں ہیں دکھائی نہیں دیتیں۔ کھا جائیں گی۔ کھانے دو۔ میں آنکھیں بند کر لیتا ہوں۔ کہاں ہیں، دکھائی نہیں دیتیں۔ ارے بلیاں کہاں ہیں دکھائی نہیں دیتیں۔ کھا جائیں گی۔ کھانے دو۔ میں آنکھیں بند کئے لیتا ہوں۔ مجھے کوئی نہیں کھا سکتا۔ ۳۵ لاکھ چوہے آہا —— آہا —— بی —— بی —— بی ——

کیا کہا کیا کہا اختر بھائی، ہاں، تم ٹھیک کہتے ہو۔ میں ادیب ہوں۔ نہایت حساس واقع ہوا ہوں، لوگوں کو دیکھ کر مجھے رونا آتا ہے۔ تمہاری صورت دیکھ کر بھی، ارے تمہیں کیا ہو گیا۔ آج کچھ نہیں کھایا۔ کچھ تو کھا لو۔ پانی پی لو —— اختر بھائی ٹھنڈا پانی۔ ہندو پانی۔ مسلم پانی۔ کونسا پانی پیو گے۔ پانی پی لو اختر! سن سٹروک نہیں ہو گا۔ لو نہیں لگتی۔

⁘

ہاں میں ادیب ہوں۔ کہانیاں لکھتا ہوں، شعر کہتا ہوں۔ ارے دیکھتے نہیں مزدوروں کی حالت کتنے مضمحل اور افسردہ نظر آتے ہیں، چہرے پر رنگت نہیں، لب مُسکراہٹ سے عاری۔ اور کیا کہا ــــ زندگی بے کیف ہے بے مزا۔ ہر وقت کا رونا۔

کہانیاں لکھتا ہوں، میں ترقی پسند ادیب ہوں۔ مزدوروں پر شعر کہتا ہوں۔ لوگ سُنتے ہیں تو سر دُھنتے ہیں واہ بھئی واہ۔ خوب لکھا مزدور کا کلیجہ نکال دیا۔ اب بھیجا باہر نکالو ــــ کیا کہا ــــ کیا ملتا ہے۔ ارے مزدور کو کیا ملتا ہے کہ ان پر لکھنے والوں کو کچھ ملے۔ مزدور بھی فاقے کرتے ہیں اور ہم لکھنے والے بھی ترقی پسند ــــ ارے نام ہوتا ہے عوام میں مشہور ہو گیا ہوں۔ یہ کون جا رہا ہے۔ ترقی پسند ادیب ــــ ارے اس کی حالت ــــ چہرے کی رنگت زرد ــــ گال اندر کو پچکے ہوئے۔ گردن سوکھی ہوئی۔ چال ڈھال میں مردنی۔ آنکھوں میں وحشت اندھا کیا جانے بسنت کی بہار۔ میں مزدور بننا چاہتا ہوں۔ ایک نئے ادب کی تخلیق کرنا چاہتا ہوں۔ جب تک میں ان کی طرح زندگی بسر نہ کروں۔ ان کے احساسات ان کی امنگوں ان کی زندگی کی ترجمانی کس طرح کر سکتا ہوں۔ میں مزدور بن رہا ہوں۔ ہر روز ــــ دن بدن ــــ کیا کہا۔ تپ دق ہو جائے گا۔ ہونے دو۔ مجھے پروا نہیں۔ میرا نام روشن ہو جائے گا۔ مزدوروں کا ترجمان۔ ان کا واحد نمائندہ ــ آج مزدور اکٹھے ہوں گے۔ کہاں ۔ موچی دروازے کے باہر ــــ دُنیا کے مزدور اکٹھے ہوں گے۔ دُنیا کے مزدور اکٹھے ہو جاؤ ۔ تمھارے لئے کچھ نہیں بنے گا۔ صرف زنجیریں بنیں گی۔ کیا کہا۔ دُنیا کے مزدو اکٹھے ہوں گے۔ موچی دروازے کے باہر ــــ ارے کون بھونک رہا ہے۔ کُتا ــــ نہیں ــ نہیں اُلو ــ ۔ ارے اُلو تو رات کو بولتے ہیں۔ یہ کل جُگ ہے۔ آج کل دن کو اُلو بولتے ہیں

⁘

ہاں ٹھیک ہے۔ ٹھیک ہے مجھے اپنی بیوی پسند ہے۔ اور نہیں اختر بھائی۔ اوہ۔

تم نے توشادی بھی نہیں کی کیا کہا۔ میری بیوی بدصورت ہے۔ توکیا ہوا ـــــ مجھے اس کی انگلیاں پسند ہیں۔ تم نے اس کی انگلیاں نہیں دیکھیں۔ وہ ہر روز پالش کرتی ہے۔ بوٹ پالش نہیں۔ ناخنوں کی پالش۔ ارے ہر روز حنائی انگلیاں۔ خوبصورت دل کو لبھانے والی۔ اور پالش کے بعد ایسی معلوم ہوتی ہیں۔ جیسے سونے کی قاشیں۔ ارے سونے کی قاشیں تو ٹھنڈی ہوتی ہیں۔ ان میں خون گھولتا ہے۔ نرم اور گرم ہاتھ۔ مخروطی انگلیاں۔ چغتائی کا شاہکار۔ کیا کہا۔ کام کون کرتا ہے۔ میری بیوی توبہ توبہ۔ میری بیوی .... کیوں کام کرے۔ ارے نوکر۔ اتنی ہمت نہیں۔ کہ نوکر رکھ سکوں۔ ٹھیک کہا۔ تم بہت سیانے ہو۔ کالے کوے کی طرح۔ میرے دل کی بات جان لیتے ہو۔ اس کی ایک ساس ہے وہ کام کرتی ہے دن رات۔ میاں تمھاری کیا لگی۔ میری بیوی کی ساس۔ میری کیا لگی ٹھہرو۔ سوچ کر بتاتا ہوں۔ ہاں یاد آیا میری کچھ بھی نہیں۔ اے میری بیوی کی ساس میری کیا لگی۔ دن رات وہ کرتی ہے۔ بہت اچھا کام کرتی ہے۔ دن رات برتن صاف کرتی ہے۔ فرش صاف کرتی ہے۔ جھاڑو دیتی ہے۔ روٹی پکاتی ہے۔ گھر کا سارا کام میری بیوی کی ساس کے سپرد ہے۔ ایک دن بڑھیا کہنے لگی تمھاری بیوی کام نہیں کرتی۔ میں نے ہنس کر ٹال دیا۔ خوب کہا۔ ایسا ہی کرنا چاہئے۔ کہتی ہے میری بیوی کام نہیں کرتی ہے۔ برتن صاف نہیں کرتی۔ کھوسٹ بڑھیا نہیں جانتی۔ اگر حنائی انگلیاں برتن صاف کرتے کرتے خراب ہو جائیں۔ تو بتاؤ میری بیوی کی حنائی انگلیاں بدنما ہو جائیں تو اس کا کون ذمہ دار ہوگا۔ میں کس کے سہارے زندہ رہ سکتا ہوں۔ کیا کہا۔ سارا کام بڑھیا سے لیتا ہوں۔ کیا وہ انسان نہیں۔ ارے وہ انسان بڑھیا۔ ۷۰ سال کی وہ بڑھیا۔ چلنے پھرنے سے وہ عاری۔ ہاتھ کانپتے ہوئے۔ کہتی ہے منہ سے پیپ آتی ہے۔ دانت ہلتے ہیں۔ مسوڑے خراب ہو چکے ہیں۔ ڈاکٹر کو بلاؤ۔ دانت نکلوا دو سارے میاں۔ جہاں خون ہوتا ہے وہاں سے پیپ بھی آسکتی ہے۔ اور ساٹھ سال کی عمر میں پیپ نہ آئے۔ شہد نکلے گا کیا ـــــ کہتی ہے مروں گی نہیں۔ تمھارا کام کروں گی۔ سو سال تک زندہ رہوں گی۔ مرنے میں نہیں آتی۔ اتنا کام دیا ہوا ہے۔ پھر بھی مرنے میں نہیں آتی۔ کتنی سخت جان ہے۔ مجھے اپنی بیوی کی۔ انگلیاں پسند ہیں۔ نہایت خوبصورت اور حسین۔ ریشم کے تاروں سے زیادہ ملائم بھلا وہ برتن کیوں صاف کرے۔ انگلیاں

بدنما ہو جائیں تو میں کیا کروں گا۔ اختر بھائی ـــــ تم مجھے کوستے ہو۔ بتاؤ میں کس کے سہارے جی سکتا ہوں۔ یہی تو میرا زندگی کا سرمایہ ہے مگر یہ مٹ جائے تو پھر ـــــ میں ادیب ہوں۔ نہایت حساس ہوں۔ بڑھیا کام کرے اور خوب کرے .... اور وہ حنائی انگلیاں ....

کیا کہا۔ ارے بولو.. بھی میرے کان تو بہرے نہیں ہیں۔ گو دماغ میں بھوسہ بھرا ہوا ہے۔ کہیں کان تو بہرے نہیں۔ اختر میاں تم کیا جانو۔ شادی کے مزے میں ان حنائی انگلیوں کو خراب نہیں ہونے دوں گا۔

کہتی ہے میرا خیال کرو۔ کیا کہا۔ کون ارے وہی۔ میری بیوی کی ساس کہتی ہے میں نے تمہیں جایا۔ پالا پوسا۔ بڑھاپا مجھ پر احسان جتاتی ہے۔ شرم نہیں آتی۔ اختر میاں میں نے کبھی احسان جتایا۔ میں جس پر احسان کرتا ہوں ..... جو احسان کر کے جتانے لگے ...... تمہیں دو سال سے پڑھا رہا ہوں۔ تم ہی بتاؤ۔ کبھی تمہیں کچھ کہا۔ کہو بولو۔ کہتے کیوں نہیں۔ چپ کیوں ہو گئے۔ زبان کیوں گنگ ہو گئی۔ بولتے کیوں نہیں۔

ارے کون بھونک رہا ہے۔ بازاری کتے۔ گولی سے اڑا دو۔ یہ کتے آدمی کو کاٹتے ہیں۔ کتوں کو کسولی بھیج دو۔ کیا کہا ـــــ اونچی آواز میں کہو۔ میں ہوں اور تو کوئی نہیں۔ میرے باپ کے متعلق پوچھتے ہو۔ اس کی نظر کمزور ہو گئی ہے۔ وہ عینک مانگتا ہے۔ کتنی عمر ہے اس کی ۶۵ سال بی۔ بی۔ ۶۵ سال کا بوڑھا عینک مانگتا ہے۔ کایا کلپ چاہتا ہے۔ بوڑھے نوجوان سے دو قدم بڑھ گئے۔ پھر کہو ـــــ آواز نہیں آتی۔ باز کی آنکھیں لا دوں۔ عقاب کی آنکھیں۔ خوب کہا۔ اختر ـــــ میری بیوی کو دیکھنا چاہتا ہے۔ عقاب کی آنکھیں عینک چاہتا ہے۔ بینائی چاہتا ہے۔ عینک پر پندرہ روپے قریباً پیر لگے ہوئے ہیں، پھر بھی بینائی چاہتا ہے۔ کہاں سے لا دوں۔ ہاں کایا کلپ پنڈت مالویہ ـــــ روپے کہاں ہیں۔ پندرہ روپے نہیں ملتے۔ ہاں ٹھیک کہتے ہو۔ پندرہ روپوں سے پندرہ فلمیں دیکھ سکتا ہوں پندرہ عورتیں۔ خوبصورت رسیلے ہونٹ نشیلی آنکھیں۔ ابھرا ہوا سینہ۔ بوڑھا کوسٹ عینک مانگتا ہے۔

۶۵ سال کے بعد آیا ۔۔۔ آیا ۔۔۔ آیا ۔۔۔ بی ۔ بی ۔ بی ۔

٭

پھٹ پھٹ پھٹ ۔ دھم ۔۔۔ دھم ۔۔۔ دھم ۔۔۔ کون آیا بم گرا ۔ کہاں لندن میں ۔ لیکن آواز یہاں آ رہی ہے ۔ کانوں میں انگلیاں ڈالو ۔ خدائی انگلیاں سونے کی قاشیں ۔

آزادی ۔ لارڈ ایمری کا بیان ۔ انڈیا منٹ ۔ کیا کہا ۔

خوب کہا ۔ کون تقریر کر رہا ہے ۔ چرچل ۔ ہم آزادی کے لئے لڑ رہے ہیں ۔ ہم غلامی کو اس دُنیا سے مٹانا چاہتے ہیں ، ہم فرانس کو دوبارہ زندہ کرنا چاہتے ہیں ۔ ہم لڑیں گے ۔ ہر جگہ ۔۔۔ زمین پر خشکی پر ۔ سمندر پر ۔ آسمان پر ۔ اپنی زمین پر ۔ کینیڈا میں ۔ آسٹریلیا میں ۔ ہم سب کو آزاد کرنا چاہتے ہیں ۔ نہیں ۔۔۔ نہیں میں بھول گیا ۔ ہم یورپ کو ہٹلر کے پنجہ سے چھڑانا چاہتے ہیں ، کیا یورپ میں ہندوستان بھی شامل ہے ....

خوب زور سے تالیاں پیٹو ۔ احتر میاں ۔ آزادی مانگتے ہو ۔۔۔ آزادی مانگنے سے نہیں ملتی ۔۔۔ اور کچھ مانگو ۔ کیا کہا ۔۔۔ موت ۔۔۔ ابھی لو ۔۔۔ اسی وقت لو ۔۔۔ چلاؤ ۔۔۔ خوب زور سے چلاؤ ۔ ہاں کہو ۔ مسجد مندر بن گئی ۔ مسجد مندر بن گئی ۔ وہ دیکھو سامنے ۔ بازار بند ہونے لگے ۔ سب نئے گھروں میں گھس گئے ۔ لاٹھیاں چلنے لگیں ۔ پتھر برسنے لگے ۔ ہائے میرا لال ۔ کسی ہندو نے گولی سے مار دیا ۔ ہائے میرا بچہ ۔۔۔ کسی مسلمان نے چھرا گھونپ دیا ۔۔۔ دیکھا ۔۔۔ دیکھتے نہیں ۔ خون کی ندیاں ۔ کہاں ۔۔۔ وہ دیکھو ۔۔۔ مندر مسجد بن گیا ۔۔۔ انڈیا فسٹ مت چلاؤ ۔۔۔ آزادی ۔۔۔ ہٹلر کے بعد ۔ اور موت ابھی لو ۔۔۔ اسی وقت ۔۔۔ جب جی چاہے ۔۔۔"

چاندی کے تار

اب جبکہ تمھاری شادی ہو چکی ہے اور تم ایک دوسرے شخص کی آغوش میں جا چکی ہو مجھے تمھیں خط لکھنے کا حق حاصل ہو گیا ہے۔ گویا ایک عجیب سی بات ہے کہ جب تم خط لکھتی تھیں تو میں جواب دینے سے قاصر تھا۔ اور اب میں تمھیں خط لکھ رہا ہوں لیکن تم اس خط کا جواب دینے سے معذور ہو گی۔ میرے لیے یہ بوجھ بھی ناقابل برداشت ہے کہ میں ایک شادی شُدہ عورت کو خط لکھوں کیوں کہ میں جانتا ہُوں کہ اس خط کا تمھارے خاوند پر کیا اثر ہو گا۔ اگرچہ میں اس امر کی پُوری کوشش کروں گا کہ یہ خط سیدھا تمھارے پاس پہنچے اور تمھارے خاوند کو اس خط کا علم ہی نہ ہو لیکن یہ بھی ممکن ہے کہ یہ خط تمھارے شوہر کو مل جائے۔ یوں ہی ڈاکیہ غلطی کر سکتا ہے اور اس کے بعد جو کُچھ ہو گا اس کا تصور بھی کر سکتا ہوں۔ کیوں کہ ایک ہندوستانی شوہر یہ برداشت نہیں کر سکتا کہ کوئی دوسرا مرد اس کی بیوی کو خط لکھے۔ اور پھر یہ حقیقت اُس پر آشکار ہو کہ اس کی بیوی کسی اور سے محبت کرتی تھی اور اب تک یہ راہ و رسم جاری ہے۔ اس بھید کا کسی ہندوستانی خاوند پر کھُلنا، کو رُٹ کے بھونچال کے مترادف ہو گا۔ وہ اپنے شباب کی غلطیوں کو نظر انداز کر سکتا ہے۔ آخر ہر شخص شادی سے پہلے محبت کرنا چاہتا ہے، اور کرتا ہے، اگر اسے موقع مل جائے لیکن یہ حق شاید عورت کو حاصل نہیں۔ وہ تو محض ایک جانور تصور کی جاتی ہے جو ماں باپ کی کڑی نگاہوں میں مقید رہتی ہے۔ ایسی عورتوں کے لیے شوہر ایک مقدس چیز ہے۔ اجنتا کی تصویر کی طرح محض ایک دیوی جس پر جذبات کا اثر نہیں ہو سکتا۔ جس،

پر ماحول کبھی حاوی نہیں ہو سکتا۔ جس پر زمانے کے نشیب و فراز کا کوئی اثر نہیں۔ آج کل کی لڑکیاں اس امر کی گواہ ہیں کہ زمانے کی بدلتی ہوئی رو نے، حالات اور ماحول نے اُن پر کیا اثر کیا ہے۔ اور اگر ان باتوں کو لوگ سمجھ جائیں تو شاید دُنیا میں خودکشی کرنے والوں کی تعداد آدھی رہ جائے۔ خاوند عورتوں کو پیٹنا چھوڑ دیں اور ہر گھریلو جھگڑے کے بعد طلاق کی دھمکی نہ دیا کریں۔ خیر یہ تو ایک جملۂ معترضہ ہے۔ دراصل بات یہ ہے کہ اگر یہ خط تمھارے خاوند کو مل جائے اور تمھیں وہ لعنت ملامت کرے یا پیٹے تو ان باتوں کو نظر انداز کر دینا۔ اور ان ٹکیوں کو ماضی کے خوش گوار لمحوں کی خاطر سہہ لینا۔ گو میں سمجھتا ہوں کہ اس قسم کی توقع کرنا محض بے وقوفی ہے کیوں کہ تم مجھے گالیاں دوگی۔ لعنت بھیجوگی اور کہوگی کہ کیوں بیٹھے بٹھائے ایک فتنہ اُٹھا دیا لیکن میں اس فتنے کو ہمیشہ کے لیے ختم کرنا چاہتا ہوں، گو تمھارے لیے یہ فتنہ اسی دن ختم ہو گیا جس دن تمھاری شادی ہوئی۔ لیکن میں ابھی تک کنوارا ہوں۔ اور یہ فتنہ سو سو کر جاگ اُٹھتا ہے۔ اور مجھے بار بار پریشان کرتا ہے۔ یہ پریشانیاں میری نشوونما کے لیے اچھی نہیں۔ یہ کسک جو دل میں بار بار اٹھتی ہے اسے ایک بار کیوں نہ نیست و نابود کر دوں۔ تمھاری محبت کا قصہ میرے لیے اتنی ہی اہمیت رکھتا ہے جتنا کہ ایک سائنس داں کے لیے جراثیم کی ایک نئی سلائیڈ، جو اس نے ابھی ابھی تیار کی اور خورد بین کے نیچے رکھ کر اسے نہایت انہماک سے دیکھ رہا ہو۔ گو تمھاری محبت کا قصہ پرانا ہو گیا اور اس پر شادی کا رنگ چڑھ گیا۔ لیکن میرے پاس چند ایسی چیزیں ہیں جو مجھے بار بار تمھاری یاد دلاتی ہیں۔ تمھاری چند مسکراہٹیں۔ تمھارے خط۔ تمھارا ریشمی رومال جو تم نے دیوالی کے روز اپنی ننھی بنو کے ہاتھ بطور تحفہ بھیجا تھا۔ گو تمھاری مسکراہٹوں کی جگہ اب نئی مسکراہٹیں آچکی ہیں اُن کی جگہ اب اور دلفریب ہونٹوں نے لے لی ہے اور ان کا اثر میرے کمزور اعصاب پر زیادہ پڑتا ہے لیکن ان مسکراہٹوں میں بناوٹ ہے اور ان میں وہ شے لطیف نہیں جو تمھارے تبسم میں تھی۔ تمھارا تبسم بالکل البیلا۔ انوکھا اور نرالا تھا۔ شاید تم نے پہلی بار مسکرانا سیکھا تھا۔ اس مسکراہٹ میں ایک نیاپن تھا۔ جس میں آنے والے شباب کی صبح تھی۔ ایک انجان معصوم مسکراہٹ بناوٹ سے کوسوں دور ایک بھیگی ہوئی صبح کی طرح شگفتہ تر و تازہ، شبنم کی طرح ٹھنڈی اور چمکدار شعلہ کی طرح سرخ اور آگ

لگا نے والی ـــ و ـــ ر ـــ لیکن میں اب ان مُسکراہٹوں کو بھول چُکا ہوں۔ اب صرف ان کا تجزیہ کر سکتا ہوں۔ بالکل ایک ڈاکٹر کی طرح جو ایک مرض کو دوسرے مرض سے تشخیص کر لیتا ہے۔ اب بھی کوئی نہ کوئی میری طرف دیکھ کر مُسکرا لیتا ہے اور یہ مُسکراہٹ بجلی کے کوندے کی طرح مجھ پر حملہ کرتی ہے۔ حملہ نہایت شدید ہوتا ہے۔ سرتاپا ایک جھرجھری سی آجاتی ہے۔ لیکن دوسرے لمحہ میں میں سنبھل جاتا ہوتا ہوں اور اس مسکراہٹ کا تجزیہ کرنے لگتا ہوں۔

ہم ایک مشینی دور سے گذر رہے ہیں، ہم اس زمانے میں پیدا ہوئے جب پانی اور ہوا پر انسان نے قابو پا لیا ہے۔ ہم وقت، رفتار اور فاصلے پر حاوی ہو چکے ہیں۔ اب روحانی باتوں کا زمانہ نہیں۔ بالکل مادّی چیزوں کا تذکرہ ہوتا ہے اور اس لئے مُسکراہٹیں بھی مادی ہو گئی ہیں۔ اور جب کوئی میری طرف مسکرا کر دیکھتا ہے۔ سوچنے لگتا ہوں کہ اس مسکراہٹ کا کیا مطلب ہے۔ اگر میں بھی مُسکرا دوں تو مجھے کیا فائدہ پہنچے گا۔ اور اگر نہ مُسکراؤں تو کیا نقصان ہوگا۔ آج کل ہر چیز نفع اور نقصان کے معیار پر پرکھی جاتی ہے، لیکن تمھاری مُسکراہٹوں میں وہ بات نہ تھی، اگر ہوتی تو آج مجھے یوں نہ یاد آتیں تم اسی بات کو لو کہ صرف ایک مسکراہٹ پر کتنا جھگڑا چل رہا ہے۔ آج کل تو بال کی کھال اُتاری جاتی ہے۔ ہر چیز کا نفسیاتی پس منظر تلاش کرنا پڑتا ہے اور اس کا اثر اعصاب پر دیکھنا پڑتا ہے۔ اور پھر تجزیہ۔ اب یہ محبت نہیں ہے، محض سردردی ہے، ایک بہانہ ہے اپنے آپ کو ختم کرنے کا، لیکن کوئی کچھ نہیں کہہ سکتا۔ شاید یہ اقدار پرانی اقدار سے اچھی ہیں، ہو سکتا ہے، اگر ہم ان اقدار کو اپنے آپ پر حاوی ہونے دیں، آہستہ آہستہ عمل پذیر ہونے دیں، تو شاید زمانہ بدل جائے اور ہم ایک نئی دنیا بسالیں۔ لیکن مجھے اس قسم کے روحانی فلسفے سے کوئی سروکار نہیں۔ اور نہ ہی مجھے آج ان "SMS" پر بحث کرنی ہے کہ فلاں چیز اچھی ہے یا بُری ہے۔ میری مرکز نگاہ تو آج تم ہو۔ اور تمھیں بھول کر آج خشک بے جان فلسفوں پر بحث کرنا بے وقوفی ہے شاید مجھے کچھ دن اور زندہ رہنا ہے کیوں کہ ایک جوتشی نے چند دن گزرے مجھے بتایا کہ میں جلد مر جاؤں گا۔ میں جوتشی کے چہرے کی طرف برسوں سے جھوٹ بولنے سے اس کے خدوخال مسخ ہو گئے تھے، چہرے پر ایک قسم کی نحوست برس رہی

تھی ۔ اور اس پتھریلی سڑک پر بیٹھے ہوئے نہ جانے اسے کتنے برس ہو گئے تھے ۔ اور کون جانتا ہے کہ اس نے کتنوں کے ہات دیکھے ۔ اور ان کی قسمت کا جائزہ لیا ۔ کتنوں کو اس نے اس ناامیدی کو سر کرنے کی ترکیبیں بتائیں لیکن سڑک پر گذرنے والے نے کبھی یہ سوچا ، کہ وہ کیوں بیس سال سے اس خاک آلود سڑک پر بیٹھا ہوا ہے ۔ جہاں گندگی اور غلاظت کے انبار لگے ہوئے ہیں اور پیشاب کی بو سے پھیپھڑے جھلس جاتے ہیں ۔ کیا ان بیس سالوں میں اس کی قسمت کا ستارہ کبھی بلند نہ ہوا ۔ کیا وہ ترکیبیں ، تجویزیں جو وہ دوسروں کو بتاتا تھا ۔ کبھی اس نے اپنے اوپر نہیں آزمائیں ۔ کیوں یہ پتھریلی زمین اس کی بنجر زندگی کا ایک اہم جزو بن گئی ۔ کیا یہ سڑک یوں ہی پتھریلی رہے گی ۔ اور اس پر چلنے والوں کا ستارہ کبھی بلند نہ ہو گا ۔ میں نے چاہا کہ اس جوتشی کو کھری کھری سناؤں ۔ اور اسے کہہ دوں کہ وہ کیوں جھوٹ بول کر اپنی روح کو گزند پہنچاتا رہا ہے ۔ لیکن زندگی میں صرف روح ہی ہوتی تو میں اس سے یہ بات پوچھ لیتا ۔ لیکن زندگی میں روح کے علاوہ پیٹ بھی ہے ۔ جو روح سے زیادہ اہمیت رکھتا ہے ۔ روحانی تسکین کو خیرباد کیا جا سکتا ہے ۔ لیکن پیٹ کی بھوک کو خیرباد کہنا مشکل ہے ۔

مگر تمھیں ان جوتشیوں اور راہ گیروں سے کیا فائدہ یہ لوگ تو ان انسانوں کے لئے وقف ہیں جنھیں اور کوئی کام نہیں ہوتا ۔ تمھیں تو اس زندگی سے بہت سے کام لینے ہیں ۔ اور ایک کام یہ بھی کرنا ہے کہ تمھیں میرا یہ بے سروپا خط بھی پڑھنا ہے ۔ یہ ایک احمقانہ بات ہے کہ قہقہہ تو محبت کا شروع ہوا اور میں پیٹ کا قصہ لے بیٹھا ۔ دراصل یہ دونوں چیزیں ایک ہی زنجیر کی کڑیاں ہیں ۔ ان دونوں پر انسانی زندگی کا دارو مدار ہے ۔ اگر انسانی زندگی کا دارو مدار نہیں تو کم از کم میری زندگی کا انحصار ان ہی دو چیزوں پر ہے ۔ اگر میں تمھیں اپنا نہ بنا سکا تو اس میں تمھاری محبت کا قصور نہیں ۔ بلکہ ان حالات کا جن پر میں قابو نہ پا سکا ۔ اور اگر حالات پر قابو پا لیتا تو آج شاید تم میری آغوش میں ہوتیں ۔ اور مجھے یہ خط لکھنے کی زحمت نہ اٹھانی پڑتی ۔

میں نے تمھیں پہلی بار اس وقت دیکھا۔ جب تم پانچویں جماعت میں پڑھتی تھیں۔ یوں ہی تم ایک دن میرے کمرے میں آگئیں۔ یوں ہی نہیں بلکہ تمھیں ایک کام تھا۔ اس وقت گو تمہارا قد چھوٹا تھا۔ پتلا سا جسم اور خدو خال نہایت تیکھے۔ تمھارے خدو خال نے مجھے بالکل نہیں اکسایا۔ بلکہ اس بے باکی، اس بے تکلفی نے جو تم نے میرے ساتھ برتی۔ تم نے بغیر کسی جھجھک کے کہہ دیا۔ کہ بہن جی انگلش ریڈر مانگتی ہیں۔ میں تمھاری صورت کا جائزہ لے رہا تھا۔ تم نے خود ہی الماری کھولی اور کتاب تلاش کرنے لگیں۔ میں تمھاری بے باکی پر اور بھی حیران ہوا۔ تمھارے سر سے دوپٹہ سرک گیا تھا اور تمھارے سیاہ بال میری نظروں میں الجھنے لگے۔ اس دن مجھے تمھارے بال اچھے لگے تھے۔ کتنے سیاہ اور لمبے تھے۔ تم نے جلدی ہی کتاب ڈھونڈلی۔ اور پھر چلی گئیں۔ یہ تھی پہلی ملاقات۔ کتنی بے جان بے لذت اور فروعی۔ جس کا ذکر کرنا نہایت فضول معلوم ہوتا ہے۔ صرف ایک لفظ میں اس ملاقات کے اثر کو بیان کیا جاسکتا ہے۔ اور وہ یہ کہ تم اس دن نہایت بے باک تھیں۔ اور تمھارے بال سیاہ اور لمبے تھے۔ اور دو سال کے بعد جب تم مجھے ملیں تو میں تمھیں پہچان نہ سکا۔ ان دو سال میں تم کیا سے کیا ہوگئی تھیں۔ اس دن مجھے تمھارے بال اچھے لگے تھے۔ آج تمھارا قد بید کی طرح لانبا اور نازک اندام میں نے سرو سے اس لئے تشبیہ نہیں دی کہ یہ تشبیہ پرانی ہو چکی اور زیادہ استعمال سے اس لفظ کی خوبصورتی مٹ چکی ہے۔ بید کا درخت تم نے نہیں دیکھا ہوگا۔ کیوں کہ شہروں میں بید کے درخت نہیں ہوتے۔ سرو بہت ہوتے ہیں اور میں تمھارے تصور کو بہت دور لے جانا چاہتا ہوں تاکہ شادی کے ماحول سے نکل کر تم چند ساعتوں کے لئے اس دنیا میں آجاؤ جہاں میں سانس لے رہا ہوں تاکہ تم بھی ماضی کے واقعات سے میری طرح لطف اندوز ہو سکو۔ تم اگر اکیلی ہوتیں تو میں تمھیں زیادہ انہماک سے دیکھتا۔ اور ایک نقاش کی حیثیت سے تمھارے خدوخال کا جائزہ لیتا۔ لیکن تمھارے ساتھ ایک اور بھی لڑکی تھی جس کا حسن صبیح تمھاری موہنی صورت پر حاوی ہو رہا تھا۔ اس کا کھلا ہوا چہرہ غلافی آنکھیں۔ اور رس بھرے ہونٹ تمھارے لمبوترے

چہرے اور چھوٹی چھوٹی آنکھیں اور پتلے پتلے ہونٹوں کے مقابلے میں زیادہ اچھے لگے۔ تم اس دن شرم و حیا سے سمٹی ہوئی تھیں اور وہ زیادہ بے باک نظر آ رہی تھیں۔ اسے اپنے جسمانی حسن کا احساس تھا اسی لئے وہ اٹھلا اٹھلا کر چلتی تھی۔

اور اس کا ابھرا ہوا سینہ مجھے زیادہ پسند آیا۔ جس میں شباب کی ساری تازگی پنہاں تھی۔ ایسا معلوم ہوتا تھا کہ جوانی ایک سیلِ آتشیں کی صورت میں ان بلندیوں کے پیچھے کروٹیں لے رہی ہے۔ اور یکایک اس دن مجھے معلوم ہوا کہ اس مشینی دور میں بھی عورت کا شباب زندہ ہے۔ ازل سے لے کر ابد تک اس شباب میں کوئی تبدیلی نہیں آئی۔ انسانوں کی حرکات، سکنات ، ان کا نصبُ العین اُن کی معاشرت ان کی اخلاقی سیاسی قدریں بدلتی رہی ہیں۔ لیکن عورت کا شباب اسی شدت سے محسوس کیا جاتا ہے۔ صدیوں کا آہنی چکر شباب کی رعنائیوں لطافتوں اور کیفیتوں کو نہیں کچل سکا۔ اب بھی بیسویں صدی میں ایک مرد ایک عورت کے لئے پاگل ہو سکتا ہے ایک عورت کے لئے تخت و تاج چھوڑ سکتا ہے۔

لیکن تمھاری سہیلی کو اس بات کا احساس نہ تھا کہ اس کا حسن اتنے تباہ کن نتائج پیدا کر سکتا ہے۔ وہ ایسے چلتی تھی گویا اسے لوگوں کی کوئی خاص پروا نہ تھی۔ اگر لوگوں کی نظریں اس کے سینے پر پڑتی تھیں تو پڑتی رہیں۔ اور اگر اس کا گز ناضرورت سے زیادہ اُبھرا ہوا ہے تو اس میں اس کا کوئی قصور نہیں اور تم ـــــ تمھارا قد لمبا تھا۔ جسم پتلا سا ترناری کی بیل کی طرح لچکتا ہوا۔ اور پھر تم کچھ حد سے زیادہ شرمیلی ہو گئی تھیں۔ تمھارے چلنے کا انداز نہایت ہی بھدا تھا۔ گردن نیچے کر کے کبھی کبھی مُڑ کر دیکھنا۔ کبھی چھپ کر کنکھیوں سے۔ کبھی لبوں پر مسکراہٹ ہے تو کبھی لب جامد ہیں۔ کبھی تمھارا سر ملتا تھا تو کبھی ہات اور اپنی سہیلی کے ساتھ کھسر پُسر کرنا اور اس کے ساتھ لپٹ لپٹ کے چلنا ـــــ مجھے اچھا معلوم نہیں ہوا۔ اور جب تم گلی کے موڑ پر پہنچیں تو تم نے مجھے ہاتھ سے نمستے کی۔ مجھے امید تھی کہ تم اس طرح کرو گی۔ تم ایسی لڑکیاں نہایت ہی جذباتی ہوتی ہیں تم پوچھ سکتی ہو کہ مجھے کیوں کر معلوم ہوا کہ تم ایسا ہی کرو گی۔ محض تجربے کی بنا پر مجھے معلوم ہے۔ جو لڑکی زیادہ شرمیلی اور خاموش

ہوتی ہے وہ اکثر تصور کی دُنیا میں ڈوبی رہتی ہے۔ اسے خود نمائی کی زیادہ ضرورت نہیں ہوتی۔ اس کے خیالات زیادہ حسین اور رنگین ہوتے ہیں۔ لیکن جو لڑکی زیادہ ہنستی ہے۔ جسے اپنے حسن کا ضرورت سے زیادہ احساس ہوتا ہے وہ جذباتی کم اور کاروباری زیادہ ہوتی ہے۔ ایسی لڑکیاں اشارے کم کیا کرتی ہیں، خط کم لکھتی ہیں۔ شاید وہ سمجھ جاتی ہیں کہ آخر انھیں ایک دن شادی کرنا ہے تو پھر ان جھنجھٹوں سے کیا حاصل۔ ان اشاروں اور خطوں سے کیا ملے گا۔ چھپ چھپ کر ملنا، مُڑ مُڑ کر دیکھنا۔ نگاہوں سے مُسکرانا۔ ایسی باتیں انھیں فضول لگتی ہیں۔ وہ جی بھر کے ہنس لیتی ہیں۔ وہ مردوں سے کم ڈرتی ہیں اور شرم ڈر اور جھجھک کے غلاف کی پناہ نہیں لیتیں۔ ان کی جنس کا اظہار ان کی خود نمائی میں ہوتا ہے اور شاید یہ طریقہ دوسرے طریقوں سے بہتر ہے۔ لو ــــــ میں پھر نفسیاتی چکر میں اُلجھ گیا۔ مجھے اس سے کیا کہ فلاں عورت جذباتی ہے فلاں نمائش پرست ہے یا فلاں عورت ایسی ہو سکتی ہے یا ہو جائے گی۔ ان باتوں کے لئے میرے پاس وقت نہیں۔ تو ہاں اس ملاقات کے بعد تمھاری عادات بدل گئیں۔ مجھے ایسا معلوم ہوا کہ جیسے تم نے اپنے آپ کو اور زیادہ سیکیڑ لیا ہے۔ بالکل لاجونتی کی بیل کے پتوں کی طرح جو ذرا سے لمس سے سکڑ جاتے ہیں۔ اگرچہ تمھارا قد لمبا ہوتا جا رہا تھا اور تمھاری آنکھوں میں ایک نئی چمک پیدا ہو رہی تھی لیکن تم ضرورت سے زیادہ گھٹی گھٹی نظر آنے لگیں۔ ایسا معلوم ہوتا کہ تمھارے ذہن پر ایک بوجھ سا ہے جس کا احساس تمھیں نہایت شدت سے ہو رہا ہے۔ مجھے کیا معلوم کہ گھر والوں سے تمھارا کیا رویہ تھا۔ شاید تم گھر میں ہنستی ہوگی۔ کھُل کر باتیں کرتی ہوگی لیکن میں کامل وثوق سے کہہ سکتا ہوں کہ اس ملاقات کے بعد جب بھی تم گلی میں ملیں تو تم مجھے دیکھ کر گھبرا گئیں اور پھر مجھے دیکھ کر بھاگ گئیں اور ایک دن میں نے تمھارا تعاقب بھی کیا کہ معلوم کروں کہ تم مجھے دیکھ کر کیوں بھاگتی ہو۔ لیکن کسی نتیجے پر نہ پہنچ سکا۔ تم نے دو تین بار اس طرح کیا اور میں بہت سٹ پٹایا کہ آخر یہ کیا ماجرا ہے۔ تمھاری یہ حرکتیں کیا معنی رکھتی ہیں۔ ان چند مہینوں میں کیا کچھ ہو گیا کہ تم مجھے دیکھ کر ٹھٹھک جاتیں یا پھر جلدی سے بھاگ جاتی ہو اور پھر ایک دن عقدہ کھُلا۔ جب ماں نے مجھ سے کہا کہ بڑے چودھری کے گھر سے سگائی کے لئے

کہہ رہے ہیں ۔ "تمھاری کیا رائے ہے ۔" پھر میں سمجھ گیا کہ تم کیوں جھینپ جاتی ہو اور مجھے دیکھ کر گھبرا جاتی ہو اور میری نظروں سے اوجھل ہو جاتی ہو ۔ تمھارے حُسنِ تخئیل کی میں داد دیتا ہوں کہ منٹوں ہی منٹوں میں تم مجھے کہاں سے کہاں لے گئیں ۔ اماں نے پھر پُوچھا کہ " تمھاری کیا رائے ہے" ان کا مطلب تھا کہ میں ہاں کر لوں میں ان دنوں بی اے فیل ہو چکا تھا اور اپنے چچا کی دکان پر بیٹھا کرتا تھا ۔ میرے چچا شہر کے مشہور ڈاکٹر تھے اور ان کی یہ لئے تھی کہ میں بھی اس دوکان پر کام کروں اور اسی طرح ڈاکٹری سیکھ لوں ، اور پھر اس شہر میں ڈاکٹری کی دوکان کھول لوں ۔ تجویز کتنی معقول تھی ۔ لیکن مجھے بالکل ناپسند تھی ۔ اصل بات یہ ہے کہ مجھے عطائیوں سے نفرت ہے ۔ گو میں یہ بات جانتا ہوں کہ اگر میں ڈاکٹری سیکھ لیتا تو اس وقت تک کافی روپے کمائے ہوتے ۔ ڈاکٹر گردھاری لال اور ڈاکٹر تارا سنگھ دونوں نے میرے سامنے ہی پریکٹس شروع کی ۔ دونوں نے ڈاکٹری کا امتحان کہیں سے پاس نہ کیا تھا لیکن جاہل لوگوں کو جاہل تر بنانا کوئی مشکل کام نہیں ۔ چند دوائیں ایک چھاتی دیکھنے کا آلہ اور تھرمامیٹر خرید کر انسان ایک مکمل ڈاکٹر بن جاتا ہے ۔ اور اس کے بعد وہ مریضوں کو جہنم میں بھیجے یا جنت میں ۔ لیکن مجھے یہ طریقے پسند نہیں ۔ میں ہر چیز کو مکمل طور پر دیکھنا چاہتا ہوں اس لئے میں نے ڈاکٹر بننے کا خیال ترک کر دیا ۔ لیکن تمھارے والد کا اصرار بڑھتا گیا ۔ اور وہ سگائی پر زور دینے لگے ۔ تمھارے پیغام بھی مجھے ملتے رہتے تھے اور جو کچھ تم نے اپنے رشتہ دار ہریش سے کہلوا دیا ۔ وہ مجھے یاد ہے "ان سے کہو کہ وہ سگائی کرلیں ۔ میں اس بے باکی کی داد دیتا ہوں کہ تم نے مجھے ہمیشہ کے لئے منتخب کر لیا اور تم نے ہر ممکن طریقے سے کوشش کی کہ سگائی ہو جائے اور آخر یہ باتیں شہر میں پھیل گئیں اور شہریوں کی زبان پر چرچا ہونے لگا ۔ اس چھوٹے شہر میں تمھارے والد کا کافی رسوخ تھا ۔ اس لئے اس بات نے کافی اہمیت اختیار کر لی اور اکثر دوستوں نے مجھ سے کہا ۔ "بھئی سُنا ہے تمھاری سگائی ہو گئی ہے ۔ بھئی خوب ہے اچھی نبھے گی ۔ میرے دوستوں نے تمھیں اکثر دیکھا ہوگا اور تمھارے حُسن کی بے باکیوں نے اُنھیں پریشان بھی کیا ہوگا ۔ ان کے تعریفی فقرے جو وہ ہم دونوں پر کستے تھے ۔ ان میں ان کی جنسی بھوک کا وحشیانہ اظہار تھا ۔ اب تم نے ہمارے گھر آنا بند کر دیا ۔ کیوں کہ ماں نے ہاں کر دی تھی اور

تمھیں اس بات کا پورا یقین ہوگیا تھا کہ اب تمھاری شادی اس گھر میں ہوگی۔ تمھارے پیغام میرے پاس پہنچتے تھے۔ گھر کا دروازہ ذرا اُونچا کرا لو۔ میں روز بروز لمبی ہوتی جا رہی ہوں۔" پرسوں آپ نہایت ہی گندے کپڑے پہنے ہوئے تھے۔" "کیا شہر میں نائی کوئی نہیں۔" آپ نے میری طرف دیکھا نہیں اور میرے قریب سے گزر گئے۔" میں اکثر چھ بجے شام کو گلی والے درخت کے قریب کھڑی ہوتی ہوں اور اپنی سہیلیوں سے باتیں کرتی ہوں۔ تم بھی اپنے دوستوں کے ساتھ وہاں سے گزرا کرو۔ اور اسی طرح کئی اور احکام جو میں کبھی نہ بجا لا سکا۔ اس کی بہت سی وجوہ ہیں۔ مجھے کچھ اس قسم کے عشق سے نفرت ہوگئی ہے گو میں سمجھتا ہوں کہ تمھارے لئے یہ بات نئی تھی بالکل نئی کیوں کہ تمھارے جسم کی تشکیل یہ ظاہر کر رہی تھی کہ یہ جوش بالکل نیا ہے۔ یہ اُبال شاید پہلا اُبال ہے اس کی اُٹھان ہی نرالی ہوتی ہے اور انسان اس حالت میں اتنا بے قابو ہو جاتا ہے کہ اسے اُونچ نیچ کی پرواہ نہیں رہتی۔ اگر میری بھی اوّلین محبت ہوتی تو شاید میں بھی یہی کرتا اور ہم دونوں نہ جانے کیا کر بیٹھتے۔ لیکن میں اس سے پہلے ایک عورت سے محبت کر چکا تھا اور وہ بھی ایک شادی شُدہ عورت سے۔ اگرچہ یہ پڑھ کر ہنسو گی کہ ایک مجرد انسان ایک شادی شدہ عورت سے کیوں کر محبت کر سکتا ہے۔ تمھاری طرح میرے دوست بھی مجھ پر ہنستے ہیں۔ ہندوستان میں محبت کی قدریں ابھی پُرانی ہیں۔ یہاں ایک شادی شدہ عورت کی طرف دیکھنا ایک فعلِ بد سمجھا جاتا ہے۔ سماج کہتا ہے۔ وہ عورت تو دوسرے کی ہو چکی، اب تمھارا اس پر کیا حق ہے۔ اب تم اس کی طرف کیوں دیکھتے ہو۔ شادی شدہ عورت کی شخصیت تو ایک شخص کی ملکیت ہو چکی۔ اب تم کیوں جھک مارنے پر تلے ہوئے ہو۔ لیکن یہ سچ ہے کہ مجھے اس عورت سے محبت تھی اور اس کے بعد آج تک کسی اور سے محبت نہ کر سکا۔ اگر تم اس عورت کو دیکھتیں تو اس عورت کو دیکھ کر مُنہ پھیر لیتیں۔ وہ خوبصورت نہ تھی۔ لیکن میں نے اس سے جی بھر کر محبت کر لی یہ میرے شباب کا اوّلین عکس تھا۔ جس شدت سے میں نے اس عورت کو چاہا۔ وہ گرمی وہ تڑپ وہ اضطراب میرے جسم میری روح میں پھر کبھی نہ آ سکا۔ یہ ایک لمبی سرگذشت ہے۔ جس کا انجام نہایت بھیانک ہے اس عورت کے لئے میں بہت بدنام ہوا اور اسے بھی میرے لئے کافی ذلت اُٹھانی پڑی۔ پانچ

سال ہوئے وہ مرگئی۔ لیکن اس کی یاد ابھی تک زندہ ہے، اس کی محبت کی تپش باقی ہے جس سے میں اکثر بے چین ہو جاتا ہوں۔ ہاں تو میں کہہ رہا تھا کہ جس طرح تم اپنے آپ کو میرے لئے پریشان کرتی رہی ہو اس طرح میں اپنے آپ کو اس عورت کو پانے کے لئے پریشان کرتا رہا۔ میں تو خیر باصرار رہا۔ مگر تم میرے ہاتھوں کے لمس سے بیگانہ رہیں۔ لیکن محبت اور شادی میں فرق ہے۔ میں اس عورت سے محبت کر سکتا تھا شادی نہیں۔ اور تمہارے ساتھ شادی کر سکتا تھا محبت نہیں۔ میں نے کوشش کی میں تم سے محبت کر سکوں لیکن ایسا نہ کر سکا۔ اکثر تمہارے خدوخال میری آنکھوں کے سامنے آجاتے اور میں نہایت باریکی سے ان کا تجزیہ کرسکتا اور ان میں طرح طرح کے نقص نکالتا۔ اور یہ سوچتا کہ کیا ہی اچھا ہوتا اگر تمہاری آنکھیں بڑی بڑی ہوتیں اور تمہاری تھوڑی ضرورت سے زیادہ لمبی نہ ہوتی اور اگر تمہارا نچلا ہونٹ ذرا موٹا ہوتا تو زیادہ خوبصورت ہوتا۔ اور اگر تمہاری آنکھوں کی پلکیں زیادہ گھنی ہوتیں تو تمہاری آنکھوں کی چمک زیادہ نمایاں ہو جاتی اور پھر تم نہایت بے ڈھنگے پن سے لمبی ہوتی جارہی تھیں کولہوں اور کمر میں کوئی تناسب نہ تھا۔ اگر کمر پتلی تھی تو کولھے متناسب نہ تھے۔ اور باقی جسم پر بھی اتنا گوشت نہ تھا کہ تمہارے اعضاء زیادہ متناسب ہو جاتے۔ اس قسم کے گھناؤنے خیال جو شرافت سے قطعاً کوئی تعلق نہیں رکھتے۔ مجھے ستایا کرتے۔ اس عمل کو روکنا میرے بس میں نہ تھا۔ لیکن ان خامیوں کے باوجود تم میں جاذبیت تھی۔ اتنی جاذبیت کہ میں تم سے شادی کر سکتا تھا۔ لیکن محبت نہیں۔ محبت کے لئے کچھ اور چاہئے۔ ایک خاص قسم کا حُسن ـــــ ایک قسم کا ـــــ کیا کہوں ـــــ!

تم تو مجھے پسند تھیں۔ صرف پسند۔ میں تمہیں پسند کر سکتا تھا۔ اور تمہیں پسند کر سکتا ہوں۔ اور شادی بھی کر لیتا۔ اگر حالات اجازت دیتے۔ ہاں حالات ـــــ شاید تم ہنس دو۔ اور کہو کہ ہندوستان میں ہر انسان شادی کر لیتا ہے خواہ اس کے حالات اچھے ہوں یا بُرے۔ شادی تو ان کے لئے اتنی ہی ضروری ہے جتنی کہ موت۔ لیکن زندگی میں موت گوارا نہیں کی جاتی۔ میرے تمام دوستوں نے شادیاں کر لی ہیں۔ گو ان کے اقتصادی حالات مجھ سے بہتر نہ تھے تو کیا میں شادی نہ کر سکتا تھا۔ اب تو میں نے بی۔اے بھی کر لیا تھا۔ اور اگر چاہتا تو کسی بنک یا گورنمنٹ کے کسی محکمے میں نوکر ہو جاتا۔ اور تمہارے دل کی آرزوؤں کو پورا کر دیتا۔ لیکن میں ان چیزوں سے بہت گھبراتا ہوں، تمہارے والد نے مجھے سگرٹوں کی ایجنسی لینے

کے لئے کہا تھا۔ کہنے لگے کہ سگریٹوں کی ایجنسی میں بہت فائدہ ہے گورنمنٹ کی نوکری میں کیا دھرا ہے۔ یہ ایجنسی لے لو۔ اور کام کرتے جاؤ۔ ساری دنیا سگریٹ پیتی ہے اور خاص کر اس شہر کے لوگ تو سگریٹ اور نسوار کا خوب استعمال کرتے ہیں۔ اور اگر ایجنسی کے ساتھ نسوار کا بھی ٹھیکہ لے لو تو وارے نیارے ہو جائیں گے۔ چند ہی برس میں میری طرح ایک عالیشان مکان بنوا لو گے۔ اور لڑکوں اور بچوں کے درمیان ایک باعزت انسان بن جاؤ گے۔ سگریٹ کی ایجنسی اور ـــــ نسوار ـــــ نسوار سے مجھے نفرت ہے۔ لیکن میں سگریٹ پیتا ہوں اور جب کبھی حد سے زیادہ مغموم ہو جاتا ہوں تو کمرے میں بیٹھ کر سگریٹ کا دھواں فضا میں بکھیرتا رہتا ہوں۔ فضا میں دھواں پھیلتا رہتا ہے۔ بکھرتا رہتا ہے اور میرے پریشان آوارہ خیالات دھوئیں کی سفید سفید لہروں میں تحلیل ہوتے رہتے ہیں۔ کچھ اس طرح مجھے تسکین ہو جاتی ہے۔ یوں ہی چھوٹی سی فروعی باتوں سے تسکین ہو جاتی ہے۔ نہ جانے کیوں۔ لیکن ایجنسی لینے سے تو رہا ـــ نسوار ـــ توبہ توبہ ـــ مکان بنانے کی خواہش نہیں اور باعزت انسان بننا میں نے کبھی قبول نہیں کیا۔ ان دنوں میں خود بھی نہیں جانتا تھا کہ میں کیا کر سکتا ہوں۔ اور کیا کروں گا۔ ایک بے کیف سی آوارگی۔ میرے دل و دماغ میں بسی رہتی، کوئی چیز پسند نہ آتی تھی۔ دوکان پر کام کرتے کرتے تنگ آ گیا تھا۔ جی چاہتا تھا کہ شہر چھوڑ کر بھاگ جاؤں۔ آخر میں کیا چاہتا ہوں اس کے متعلق میں سوچتا رہتا۔ کاش میں کہیں کلرک ہی بھرتی ہو گیا ہوتا اور ساٹھ روپے ماہوار لے کر تم سے شادی کر لی ہوتی۔ اور ان چھ سالوں میں کم از کم چھ بچے پیدا کئے ہوتے۔ شاید مجھے تسکین ہوتی اور لوگوں سے کہہ سکتا کہ میں نے بھی دنیا میں کچھ کام کیا ہے۔ آخر میں اپنے دوستوں کے نقش قدم پر کیوں نہ چلوں۔ اگر انھیں حق حاصل ہے کہ وہ ہر سال ہندوستان کی آبادی میں ایک فرد کا بغیر سوچے سمجھے اضافہ کر دیں تو میں کیوں دریا کے کنارے کھڑا رہوں۔ کیوں نہ اس بہتی گنگا میں ہاتھ دھو لوں۔ لیکن میں ایسا نہ کر سکا۔ اور میں اکثر سوچتا رہتا کہ میں کیا چاہتا ہوں۔ میں کیوں پریشان ہوں اور آہستہ آہستہ مجھ پر یہ بات آشکار ہونے لگی کہ مجھے کلرکی سے نفرت ہے۔ مجھے ان ساٹھ روپوں سے نفرت ہے۔ مجھے ان بچوں سے نفرت ہے۔ مجھے انسانوں کی کمینگی سے نفرت ہے۔ یہ کیوں ہر طرف غلاظت ہی غلاظت نظر آتی ہے۔ کیوں ہر طرف اندھیرا ہی اندھیرا ہوتا ہے،

ہے چھتوں پر اندھیرا، تنوں پر اندھیرا، چولھے پر اندھیرا۔ روٹیوں پر اندھیرا اور آہستہ آہستہ یہ اندھیرا بڑھتا جاتا ہے۔ کائنات کے ذرّے ذرّے پر چھا جاتا ہے۔ انسان کے ریشے ریشے میں سمٹے جاتا ہے۔ آہستہ آہستہ مجھے اس نظام سے نفرت ہونے لگی۔ جہاں اس قسم کا اندھیرا پھیلا رہتا ہے۔ کیوں نہ میں اس اندھیرے کو چیر دوں۔ اس اندھیرے کی قبا کو پھاڑ دوں۔ تاکہ روشنی کا منبعِ اعظم پھوٹ پڑے کم از کم ان چھوٹے مکانوں میں روشنی تو آجائے۔ ان چھوٹے کمروں میں جہاں ایک جگہ میاں بیوی اور بچے ہوتے ہیں چمک آجائے۔ جہاں مہینے میں ساٹھ روپے ملتے ہیں۔ اور کھانے والے افراد آٹھ ہوتے ہیں۔ جہاں شادی کے بعد عورتیں جلد بوڑھی ہو جاتی ہیں۔ جہاں ان کی آنکھوں کی چمک بہت جلد غائب ہو جاتی ہے اور ان کی ملائم مخروطی انگلیاں برتن صاف کرتے کرتے ٹیڑھی ٹیڑھی ہو جاتی ہیں۔ جہاں ان کے چہرے کی ہڈیاں باہر نکل آتی ہیں اور ہڈیوں پر چمڑا اتنا سخت اور کھردرا ہو جاتا ہے کہ دیکھنے کو جی نہیں چاہتا۔ جہاں ان کے گالوں کے گڑھے اتنے گہرے ہو جاتے ہیں کہ ان میں جنسی بھوک کسی ہوئی چمگادڑوں کی طرح کراہتی ہے۔ وہ سیاہ بال جن پر ان کا خاوند جان چھڑکتا تھا۔ آج بوٹ پالش کے برش کی طرح خشک اور کھردرے ہو گئے ہیں۔ آنکھوں کی تابانی کہاں گئی۔ وہ میٹھی شہد جیسی آواز کہاں غائب ہو گئی۔ اور انسان کیوں گنوار اور حیوان بن جاتے ہیں۔ بے روح۔ صرف چلتی پھرتی ٹانگیں۔ اور ان پر کپڑوں کے خول اور اندر کچھ بھی نہیں ـــ دکھائی نہ دینے والا انسان۔ اور آہستہ آہستہ یہ حقیقتیں مجھ پر بارِ گراں ہو گئیں۔ دل میں اس نظام کے خلاف ایک جذبہ بھڑکنے لگا لیکن اس دوران میں چند لمحے ایسے بھی آئے کہ میں اپنے آپ کو کوسنے لگا۔ تمھاری یاد کا جال آہستہ آہستہ مضبوط ہو رہا تھا۔ اور اس شہر میں رہتے ہوئے یہ ناممکن تھا کہ میں تمھیں بھول جاتا یا نظر انداز کر دیتا۔ تمھاری باتیں اکثر مجھ تک پہنچتیں۔ تم اکثر مجھے کہیں نہ کہیں مل جاتیں۔ کبھی کبھی اپنے نوکر کے ساتھ۔ کبھی سہیلیوں کے ساتھ۔ اور کبھی اماں کے ساتھ۔ تمھاری آنکھوں کا حزن و ملال تمھاری نگاہوں کی ذرا سی جنبش مجھے کبھی کبھی پریشان کر دیتی۔ اور پھر تمھارے والد نے کچھ عرصے سے مختلف تحائف ہمارے گھر بھیجنا شروع کر دیئے تھے۔ وہ سمجھتے تھے کہ سگائی کی بات پکی ہو گئی لیکن

میں جانتا تھا کہ یہ کام ہونے والا نہیں۔ گھر والے اکثر مجھے نوکری کے لئے مجبور کرتے، لیکن میں گھر والوں کو یہ کہہ کر ٹال دیتا کہ نوکری اچھی ملتی نہیں اور اس طرح آنے والے خطرے کو ٹالتا رہا۔ آخر تمہارے والدین نے تنگ آکر مجھ سے پوچھ ہی لیا ــ کہ میری کیا رائے ہے؟ کب تک شادی کرنے کا ارادہ ہے۔" پہلے پہل میں نے سوچا کہ میں انہیں گول مول جواب دے دوں۔ کیوں کہ میں تم سے رشتہ ناطہ توڑنا نہ چاہتا تھا۔ کون چاہتا ہے کہ اس سنہری جال کو توڑ دیا جائے جس میں آرزوؤں تمناؤں اور خواہشوں کا تانا بانا لگا رہتا ہے۔ کم از کم میں تو نہیں چاہتا تھا کہ تم میرا کورا جواب سن کر مجھ سے روٹھ جاؤ۔ اور میں تمہاری مسکراہٹوں سے اتنی جلدی محروم ہو جاؤں، تمہاری نگاہوں کی نوازش سے محفوظ نہ ہو سکوں۔ تمہاری باتیں اکثر مجھ تک پہنچ جاتی تھیں۔ جن سے میرے جذبۂ مردانگی کو کچھ تقویت ملتی تھی۔ لیکن میں یہ بھی نہ چاہتا تھا کہ تمہارے والدین کو ہمیشہ کے لئے تاریکی میں رکھوں۔ اگر میں شادی کرنا نہیں چاہتا تو کم از کم ہندوستان میں اور نوجوان موجود ہیں۔ جو تمہارے لبوں کو چومنے کے لئے بے قرار ہیں۔ اس لئے میں نے تمہارے والد سے صاف صاف کہہ دیا کہ جب تک میں اپنے لئے کوئی اچھا سا کام تلاش نہ کر لوں؛ شادی نہیں کروں گا۔ تمہارے والد نے کہا۔ شادی کر لو اور شادی کے بعد لڑکی ہمارے گھر رہے گی۔ اور جب تک تم کسی اچھے عہدے پر فائز نہیں ہوتے لڑکی کے اخراجات کے ہم ذمہ دار ہوں گے۔ تجویز کتنی معقول تھی کہ خرچ تو تمہارے والد کریں اور بچے میں پیدا کرتا جاؤں۔ لیکن یہ کب تک ہو سکتا تھا۔ آخر ایک نہ ایک دن مجھے اپنے بچوں کا باعزت باپ بننا پڑے گا۔ میرا ضمیر اس ذلت کو برداشت نہ کر سکا۔ کیوں کہ اس نظام میں ایک اچھی جگہ حاصل کرنا ایک مہم سر کرنا ہے۔ اور چونکہ میں ایک متوسط طبقے سے تعلق رکھتا ہوں اور طبقاتی کشمکش کی بہیمیت اور شقاوت ہر روز بڑھتی جا رہی ہے ہر شخص ایک دوسرے کا گلا گھونٹنے کے لئے تیار ہے اور اگر متوسط طبقے کا کوئی فرد اس خلیج کو پاٹنا چاہے یا یہ کوشش ہی کرے تو اس کے ساتھ ہی اس کی ٹانگ کھینچتے ہیں اور عرشی طبقے والے لوگ کب یہ گوارا کرتے ہیں کہ کوئی زمینی آدمی ان کے محلوں میں قدم رکھ سکے۔ اور اس کرب انگیز کشمکش میں وہ انسان نہیں رہتا۔ ایک بے روح بے جان

لوتھ بن جاتا ہے اور مجھے تو اس روشنی کے مینار کو پانے کے لئے کافی جدوجہد کرنی تھی۔ میرے پاس کسی بڑے آدمی کی سفارش نہ تھی۔ رشوت اور تحفوں کے لئے اتنا روپیہ نہ تھا اور انگلینڈ سے کوئی ڈگری بھی لے کر نہ آیا تھا۔ کوئی رشتہ دار کسی اعلیٰ عہدے پر فائز نہ تھا۔ تو ان حالات میں میں کیسے ایک اچھی جگہ حاصل کر سکتا تھا۔ صرف کلرکی اپنا منہ کھول رہی تھی اور وہ بھی ساٹھ روپیوں کی کلرکی جو آج کل جنگ کے زمانے میں ٹکے پر بکنے لگی ہے۔ اور پھر ہر پڑھا لکھا نوجوان کلرک بن کر اپنے آپ کو افلاطون سمجھتا ہے اور بچے پیدا کرنے سے ذرا نہیں جھجھکتا۔ اور کبھی کبھی تمھاری سنہری آرزوؤں کا جال میرے قریب آجاتا تو میرے صبر کے بند ٹوٹ جاتے۔ اور میں سوچتا کہ مجھے کیا غرض ہے کہ میں اپنے آپ کو یوں برباد کر دوں۔ ازل سے لیکر ابد تک یہ اندھیرا چھایا ہوا ہے۔ اور آج تک کوئی شخص اس اندھیرے کو دور نہ کر سکا بلکہ یہ اندھیرا دن بدن زیادہ گہرا ہوتا گیا۔ اور میں اس روشنی کے مینار کو پانے کی بے سود کوشش کر رہا ہوں کیوں نہ میں اپنے آپ کو اس اندھیرے کے وسیع اور بے پایاں سمندر میں پھینک دوں اور ہمیشہ کے لئے اس میں غرق ہو جاؤں اور پھر اس اندھیرے میں تمھارے ہونٹ چمکنے لگتے۔ تمھارے گال تمتمانے لگتے۔ تمھارے لانبے لانبے بال سر سے لیکر پاؤں تک چھا جاتے۔ تمھاری آنکھوں میں سنہری آرزوئیں ناچنے لگتیں۔ اور میں تمھیں پکڑنے کی کوشش کرتا تاکہ تمھارے سیاہ بالوں میں اپنے آپ کو چھپا لوں۔ اور تمھاری آتشیں خواہشیں مجھے چاروں طرف سے گھیر لیں۔ اور ہم دونوں اس اندھیرے سمندر میں باقی انسانوں کی طرح لڑھکتے رہیں۔ کم از کم تمھارے ہونٹوں کا لمس مجھے ہمیشہ کے لئے اُن اقتصادی جھنجھٹوں سے آزاد کر دے گا۔ لیکن میں نے سگرٹوں کی ایجنسی لے کر شادی کرنا گوارا نہ کیا ——— جاہل!

شاید مجھے عام انسانوں کی طرح زندگی گزارنے کی کبھی آرزو نہ ہوئی، بلکہ مجھے ان لوگوں سے نفرت سی ہوگئی ہے اور اس طرز بود و ماند سے اس معاشرت سے۔ اس تہذیب و تمدن سے میں روشنی کے مینار کو پانا چاہتا ہوں۔ اور اس کی نورانی کرنوں کو دُنیا میں بکھیرنا چاہتا ہوں تاکہ اس پھیلے ہوئے بے پایاں اندھیرے میں کچھ کمی ہو جائے۔ لیکن آج تک روشنی کے مینار کو کون پا سکا ہے۔ یہ سرمایہ دار قوتیں ہمیں اسی روشنی کے مینار کے نزدیک بھٹکنے نہیں دیتیں۔ میں یوں ہی اس بحث میں پڑ گیا۔

جیسے لوگ سرمایہ دارانہ نظام کو نہیں سمجھتے۔ ان باتوں سے کچھ بنتا ہے ناحق میں اپنے دماغ کو پریشان کر رہا ہوں۔ اب تم شوہر والی ہو۔ ایک بچے کی ماں ہو۔ اور تمھارا گھر ہے۔ اور معلوم نہیں تم کیا ہو۔ اور کیا ہو جاؤگی۔ مجھے معلوم ہوا ہے کہ تمھارا شوہر لوہے کا بیوپار کرتا ہے۔ آج کل لوہے کی اشد ضرورت ہے اور لوہے کی قیمت تو سونے کے برابر ہے۔ آج کل تمھاری چاندی ہے۔ کہاں سرمایہ دارانہ نظام کی باتیں اور کہاں لوہا اور سونا۔ دراصل ہماری ذہنیت بھی سرمایہ دارانہ ہوگئی ہے۔ ہم خطوں میں بھی ان چیزوں کا ذکر کئے بغیر نہیں رہ سکتے۔ خیر چھوڑو ان باتوں کو۔ اس کے بعد کیا ہوا۔ تم جانتی بھی ہو۔ تم نے میرا انتظار کیا۔ ایک سال۔ دو سال۔ تین سال۔ شاید کہیں نوکری مل جائے۔ لیکن میں نوکری کرنا ہی نہیں چاہتا تھا۔ اس لئے نوکری کہاں ملتی۔ آخر تمھارے والدین نے تنگ آکر تمھارے لئے پھر ور ڈھونڈھنا شروع کر دیا۔ اور میں اس دوران میں تمھارے طعنے سنتا رہا۔ اور آخر تم کب تک میرا انتظار کرتیں۔ ہر مرد ایک آسودہ زندگی گذارنا چاہتا ہے تو پھر تمھیں حق تھا کہ تم اپنے رویے کو بدل دیتیں۔ اور اپنی زندگی ایک نئے قالب میں ڈھالتیں۔ اور پھر ایک دن تمھاری بارات آگئی۔ میں اس دن اسی شہر میں تھا۔ تمھارے والد نے مجھے مدعو نہ کیا۔ شاید یہ ناراضگی کا اظہار تھا۔ کہ میں نے کیوں شہر کے ایک بڑے آدمی کی بات نہ رکھی۔ اور ناطہ توڑ دیا۔ تم جس طرح مجھے بھول گئیں میں اس کی تعریف کرتا ہوں اور جس خوشی سے تم نے اپنے خاوند کے گلے میں ہار ڈالا اس کی بھی داد دیتا ہوں۔ تمھاری سہیلیوں نے مجھے بتایا کہ تم بہت خوش تھیں۔ یہ باتیں سن کر مجھ پر صدمہ ہوا لیکن تمھاری اس نئی روش نے مجھے ذہنی تقویت بھی دی۔ زندگی کے ایک نئے زاوئے سے آگاہ کر دیا۔

تم نے میری یاد کو دل و دماغ سے اس طرح خارج کر دیا جس طرح ایک نئی دلہن شادی کے چند مہینوں بعد اپنا لال جوڑا اُتار پھینکتی ہے مجھے معلوم ہے تم ہنستی کھیلتی اپنے خاوند کے ساتھ چلی گئیں۔ تم مجھے پیر پور کے اڈے پر ملیں۔ جب تم گونے کے بعد واپس آرہی تھیں تمھارا خاوند تمھارے ساتھ تھا۔ وہ کچھ وجیہہ نہ تھا یہ محسوس کر کے مجھے خوشی ہوئی۔ کم از کم وہ مجھ سے زیادہ خوش شکل نہ تھا بلکہ میں تو نہایت فراخدلی سے اسے بھدا کہہ سکتا ہوں۔ لیکن تم خوش تھیں

تم نے ایک نہایت قیمتی ساڑی پہن رکھی تھی۔ جس کا روپہلی کنارہ تمہارے سیاہ بالوں کو چوم رہا تھا۔ تمہارے چہرے کا صرف ایک حصہ دکھائی دے رہا تھا اس لئے میں تمہاری خوشی اور انبساط کا پورا اندازہ نہ کرسکا۔ تم نے مجھے دیکھ کر آنکھیں پھیر لیں اور جوار کے لہلہاتے کھیتوں کی طرف دیکھنے لگیں۔ اور پھر لاری چل پڑی۔ تم نے شادی کرکے اس گھریلو زندگی کو اچھی طرح دیکھ لیا ہوگا۔ یہ زندگی کوئی اتنی اچھی نہیں۔ اس میں کوئی خاص جاذبیت نہیں۔ ساس اور نند کے جھگڑے۔ ساس اور بہو کے جھگڑے خاوند اور بیوی کے جھگڑے، پھر اقتصادی جھگڑے، مزاج کی ناموافقت اور طرح طرح کی چھوٹی چھوٹی باتوں سے زندگی اجیرن ہوجاتی ہے۔ لیکن تم ایک ہندوستانی عورت ہو اور ہندوستانی عورت کے لئے شادی ہی زندگی کا سب سے بڑا عطیہ ہے اور اسی لئے تم نے اس زندگی کو اپنا لیا ہوگا، نہیں تو اس کے سوا کیا چارہ ہے۔

میں ابھی تک اکیلا ہوں، بالکل اکیلا اور تنہا۔ دن رات روشنی کا مینار میری آنکھوں کے سامنے ناچتا رہتا ہے۔ میں اسے چھو نہیں سکتا۔ اس تنہائی میں کبھی کبھی تم یاد آجاتی ہو صرف تم ہی نہیں بلکہ کچھ اور عورتیں بھی۔ جن سے میں محبت کرچکا ہوں۔ اب اُن سب کی یاد معدوم ہوتی جارہی ہے۔ اور اب یہ حالت ہے کہ نہ تو میں محبت کرسکتا ہوں اور نہ شادی۔ اب صرف ایک جسم سے پیار کرسکتا ہوں جہاں میں آج کل رہتا ہوں وہ جگہ شہر سے الگ تھلگ ہے اس کے باوجود اس جگہ میں اتنی کشش ہے کہ بیان نہیں کی جاسکتی شاید اس جگہ میں اتنی کشش اور جاذبیت نہ ہوتی اگر سامنے والی کوٹھی میں ایک لڑکی نہ رہتی ہوتی جس کا میں ذکر کرنے والا ہوں۔ ہمارے یہ پڑوسی نہایت امیر وکبیر ہیں۔ ایک عالیشان کوٹھی میں رہتے ہیں باہر ہمیشہ کاریں کھڑی رہتی ہیں لیکن مجھے ان کاروں اور عالیشان کوٹھیوں سے دلچسپی نہیں بلکہ ایک لڑکی سے ہے جو اس کوٹھی میں رہتی ہے میں نے آج تک ایسی حسین و جمیل لڑکی کہیں نہیں دیکھی یہ لڑکی نہیں بلکہ ایک مکمل عورت ہے۔ عورت اور لڑکی میں فرق ہوتا ہے بس وہی فرق جب تک تمہاری شادی نہیں ہوئی تھی تم لڑکی تھیں جب تم نے شادی کرلی تم عورت بن گئیں لیکن ہماری پڑوسن شادی کے بغیر ایک مکمل عورت ہے۔ یہ ایک بیسویں صدی کا معمہ ہے۔

ایک دن وہ مجھے بس میں مل گئی۔ جس حقارت سے اس نے میری طرف دیکھا وہ آج تک میرے سینے میں بچھو کے ڈنک کی طرح رینگ رہی ہے۔ اس نے یوں ہی سرسری نظروں سے میرے کپڑوں کا جائزہ لیا۔ جیسے میری روح کپڑوں میں مقید ہے اور میرا جسم ایک بے جان شے ہے۔ وہ میری سُرخ نکٹائی دیکھ کر مُسکرائی۔ جس کی گرہ زیادہ استعمال کی وجہ سے میلی ہوگئی تھی پھر اس کی نظر میرے ہیٹ کی طرف گئی جس کا اوپر والا حصّہ کافی دبا ہوا تھا۔ میں نے پتلون کی کریز کو درست کیا لیکن میرے بوٹ جن پر دو ماہ سے پالش نہ ہوئی تھی میری سراسیمگی پر خشمگیں ہو گئے۔ اس دن میں نے جرابیں بھی نہ پہنی تھیں دراصل میں جُرابیں پہنتا بھی نہیں اس دن مجھے اپنے جمالیاتی مذاق پر بہت غصّہ آیا۔ پتلون کے نچلے حصّے اور بوٹوں کے درمیان میری ٹانگوں کا حصّہ برہنہ تھا جس پر سخت سخت بال اُگے ہوئے تھے۔ بوٹوں کے تسمے میری آوارگی پر ایک قہقہہ لگا رہے تھے۔ شرم سے میں غرق غرق ہو گیا اور ٹوٹی ہوئی کھڑکی سے باہر جھانکنے لگا۔ میں نے اپنے بھونڈے پن کو چھپانے کی بہت کوشش کی۔ لیکن مجھ میں اور اس لڑکی میں کافی تفاوت تھا۔ ایک وسیع خلیج حائل تھی۔ اس کو پاٹنا میرے لئے ناممکن تھا۔ اس خلیج میں کاریں کوٹھیاں، ڈنر سٹ، نوکر، نوکرانیاں، چاندی کے سکّے۔ بنک کے نوٹ، خوبصورت عورتیں، حریری پردے، وہائٹ ہارس۔ چھری کانٹے سب کچھ تیر رہے تھے اور میں دوسرے کنارے پر کھڑا تھا۔ اس کی اس تمسخر آمیز مُسکراہٹ کا مطلب سمجھ گیا۔ لیکن اس کی آنکھیں جن پر وہ ہمیشہ ایک آسمانی رنگ کا چشمہ چڑھائے رہتی ہے اصلیت کو چھپا نہ سکیں۔ وہ آنکھیں مغموم تھیں۔ اُن آنکھوں نے دُنیا کی خلا ر کو دیکھ لیا تھا۔ اتنی دولت ہوتے ہوئے اور حُسن کی فراوانی کے باوجود یہ آنکھیں بےچین تھیں۔ یہ آنکھیں اُداس تھیں ان میں زندگی کی لاحاصلی نمایاں تھی جیسے وہ کسی کا انتظار کرتے کرتے تھک گئیں لیکن اندھی نہ ہو سکیں۔ چاندی کے سکّے بہت کچھ کر سکتے ہیں ان سکّوں سے خوشی کے لمحے خریدے جا سکتے ہیں۔ شاید اس نے بھی کسی کو چاہا اور اس کی محبت پروان نہ چڑھ سکی۔ لڑکی نے مُنہ پھیر لیا اور ساتھ والی کریمین لڑکی سے گفتگو کرنے لگی۔ لڑکی کی آنکھیں افسردہ ہوتی گئیں۔ اس کے دل کی گہرائیوں کا عکس اس کی آنکھوں میں تیر رہا تھا۔ اور آنکھیں صاف کہہ

رہی تھیں۔ کیوں جوانی کی اُمنگوں کو کچلا جائے۔ یہ جوانی کب تک رہے گی۔ یہ دُنیا ہر چیز کو بھول جاتی ہے۔ انسان اپنے آپ کو بھول جاتا ہے۔ کیوں نہ اپنے آپ کو ان رنگین پردوں میں چھپایا جائے۔ یہ سنہری نار یہ تھرکتے ہوئے بازو یہ ناچ گھر آنکھوں میں پیر کا ہلکا ہلکا نشہ۔ ٹانگوں کا تھرکنا اور کسی کے بازو کمر میں حمائل اور ناچنا پھر ناچ کر چور ہو جانا۔ کیوں نہ اس زندگی کو اپنایا جائے۔ لیکن یہ نشہ ہر وقت قائم نہیں رہتا اور ٹوٹ جاتا ہے اور اس کی جگہ امزدگی لے لیتی ہے۔ کبھی کبھی سوچتا ہوں، مجھے کیا، یہ عورت میرے دائرے سے باہر ہے۔ میرے حلقے سے باہر ہے۔ میں کبھی اس کے جسم کو چھو نہیں سکتا میں کسی کو پانے کی ناکام کوشش کرتا ہوں۔ جس کو حاصل کر سکتا تھا۔ جس کے ہونٹوں کو چوم سکتا تھا۔ اس کو دوسرے کے حوالے کر دیا۔ اور آج ایک ایسی عورت کو پانے کی تمنا رکھتا ہوں جس کے ہونٹ دوسرے انسانوں کے لئے وقف ہو چکے ہیں لیکن انسان ہمیشہ اس چیز کو پانے کی کوشش کرتا ہے جو اسے ملتی نہیں۔ میں اپنی بے وقوفی پر ہنستا ہوں اور سوچتا ہوں کہ کیوں اکیلا ہوں۔ میں کیوں سایوں کے پیچھے بھاگتا ہوں۔ میں کیوں نہ کسی کے جسم کو ہمیشہ کے لئے خرید لوں تاکہ اس نا ختم ہونے والی افسردگی اور تنہائی سے رہائی پا سکوں۔ کیا میں ایسا کر سکوں گا۔ اور اگر کر بھی لیا تو تمھیں کیا ــــــ؟

طوفان کے بعد

میں تمھیں ایک عرصے سے خط لکھنا چاہتی تھی۔ گو تم سے جُدا ہوئے ابھی چند مہینے ہی ہوئے ہیں۔ لیکن ایسا معلوم ہوتا ہے کہ میں تم سے بہت دُور چلی گئی ہوں اور شاید اب میری اور تمھاری مُلاقات کبھی نہ ہو۔ گو اس بات کا اظہار ایک احمقانہ فعل ہے۔ اور یہ باتیں تُم پر کوئی اثر نہیں کر سکتیں، لیکن میں کیا کر سکتی ہوں میں جو کُچھ چاہتی وہ نہ ہوا۔ یہ خط تمھیں ملے گا بھی یا نہیں، اس کا بھی مجھے پتہ نہیں۔ کیوں کہ میں سمجھتی ہوں کہ تم اب اس مکان سے کب کے بھاگ چکے ہو گے۔ جس طرح کہ میں اس رات اپنے مکان سے بھاگ آئی تھی۔ مجھے اپنے کیے پر بالکل ندامت نہیں، شاید ایسا ہی ہونا چاہیئے۔ جیسا کہ ہوا۔ اور آج جبکہ میں تمھیں اپنا آخری خط لکھ رہی ہوں تو اس کا یہ مطلب نہ سمجھ لینا کہ میں محبت کے زیرِ اثر اپنا سب کچھ گنوا بیٹھی۔ دُنیا کی نظروں میں شاید میں اپنا اثاثہ لُٹا چکی ہُوں۔ اور ماں باپ کی نگاہوں میں کافی گر گئی ہوں۔ لیکن دُنیا میں صرف ماں باپ ہی نہیں ہوتے۔ دُنیا میں صرف دُنیا والے ہی نہیں ہوتے۔ اپنا آپ بھی کچھ ہوتا ہے۔ اپنی انفرادی حیثیت بھی کچھ ہوتی ہے۔ اس خط کا صرف واحد مقصد یہ ہے کہ میں تمھیں بتاؤں کہ مجھے تُم سے بالکل محبت نہ تھی۔ کہیں تم اس نشہ میں چُور نہ رہو۔ اور اپنے دوستوں سے اس مہم کو سر کرنے کی کہانیاں سُناتے رہو کہ کس طرح ایک لڑکی تُم پر فدا ہوئی۔ اور وہ سب کُچھ لُٹا بیٹھی۔ گو میں سمجھتی ہوں کہ ہندوستان میں جہاں عورت کو اس کی عصمت پر خریدا جاتا ہے۔ میں عورت کی عصمت کی قیمت کو جانتی ہوں۔ اور یہ

جانتے ہوئے میں نے اپنے آپ کو کیسے تمھارے حوالے کر دیا۔ اس کی بہت سی وجوہات ہیں۔ ہر بات کی وجہ ہوتی ہے۔ شاید تمھیں اپنی چالاکی یا ریاکاری یا لڑکیوں کو پھنسانے کی ترکیبوں پر ناز ہو گا اور تم سمجھتے ہو گے کہ تم نے ایک تعلیم یافتہ لڑکی کو اپنی ہوس کا شکار بنالیا۔ لیکن میں سمجھتی ہوں کہ تم غلطی پر ہو۔ تم نے مجھے غلط سمجھا۔ اگر میں یہ کہہ دوں کہ تم مجھے سمجھ ہی نہ سکے تو یہ صاف بیانی ہو گی۔ اگر میں نے اپنے آپ کو تمھارے حوالے کیا تو اس کا باعث تم نہ تھے۔ بلکہ وہ ماحول جس میں ہم پلتے ہیں۔ اور جس ماحول میں تم ایکا ایکی آئے۔ اور میرے جذبات کو تم نے پھر سے بیدار کیا۔ جیسا کہ تم جانتے ہو کہ میں متوسط طبقہ میں پیدا ہوئی ہوں اور متوسط طبقہ اپنے اخلاق کا خاص طور پر خیال رکھتا ہے۔ متوسط طبقہ کے لوگ اخلاق کی ترازو پر اپنے آپ کو جانچتے ہیں۔ اُن کے پاس سونا ہو یا نہ ہو۔ رتبہ ہو یا نہ ہو لیکن اخلاق کا طوق اپنی گردن میں ہمیشہ پہنے رہتے ہیں۔ اور کبھی کبھی اخلاق کی یہ لمبی زنجیر اُن کے لئے موت کی زنجیر بن جاتی ہے۔ یہ نام نہاد اخلاق جو ہمارے متوسط طبقے کا اوڑھنا بچھونا ہے۔ ہمارے لئے ضرر رساں ہے۔ میں واعظ کرنا نہیں چاہتی۔ نہ ہی سماج کی خامیاں کہنا چاہتی ہوں۔ مجھے سماجی خامیوں سے کیا واسطہ۔ میں تو یہ بات ذہن نشین کرنا چاہتی ہوں کہ میں نے جو قدم اُٹھایا وہ ہمارے سماجی ماحول کے عین مطابق تھا۔ اس میں نہ تو تمھارے حُسن کی کشش کا اثر تھا اور نہ ہی تمھاری ذہانت اور ذکاوت کا ہاتھ اور مجھے تمھاری ذہانت کا کچھ اتنا علم بھی نہیں کہ میں تو یہ بھی نہیں جانتی کہ تم ذہین ہو۔ میں اتنا جانتی ہوں کہ تم نے بی۔ اے یا ایم۔ اے کر لیا ہے۔ وہ ذہن کامل ہو سکتا ہے۔ لیکن ایسا نہیں ہے اور نہ تھا۔ اور نہ ہی مجھے ان یونیورسٹیوں پر اعتبار ہے۔ یہ امتحان جو چند کتابوں کے رٹنے پر لئے جاتے ہیں۔ ہماری ذہانت کا ثبوت نہیں۔ بلکہ ہماری سماجی بیوقوفی پر دلالت کرتے ہیں۔ خیر مجھے اس سے کیا واسطہ کہ تم ذہین ہو یا نہیں ہو۔ میں تو کہہ رہی تھی کہ تم کہیں یہ نہ سمجھ بیٹھو کہ تمھاری خوبصورتی پر مرتے ہوئے میں تمھاری خواہشوں کا شکار ہوئی۔ اگر ایسا کرنا ہوتا تو کالج میں کسی حسین اور خوبصورت لڑکے سے محبت کر لیتی۔ شاید اس وقت محبت کر سکتی تھی۔ اب تو محبت سے کوسوں دور بھاگتی ہوں۔

تو میں کہہ رہی تھی کہ تم اتنے حسین نہ تھے۔ کہ میں تمھارے بغیر زندہ نہ رہ سکتی۔ اور آن

واحد میں میں نے اپنے جسم کو تمھارے حوالے کر دیا۔ اور تم نے بغیر کسی حیل وحجت کے قبول کر لیا۔ ہاں میں کہہ رہی تھی۔ کیا کہہ رہی تھی۔ ذہن میں خیالات اُمڈے چلے آتے ہیں اور کسی وقت خیالات گڈبڑ ہو جاتے ہیں۔ اور ذہن کی سطح پر پوری طرح نہیں اُبھرتے۔ ٹھہر جاؤ۔ ذرا سوچنے دو۔ ہاں میں کہہ رہی تھی کہ متوسط طبقے کے لوگوں کو اپنے اخلاق سے زیادہ محبت ہے۔ وہ ہر چیز کو اخلاق کے کانٹے پر پرکھتے ہیں۔ یعنی ان کی لڑکی اگر کسی نوجوان لڑکے سے گفتگو کرنے لگے۔ تو وہ جھٹ اس بات کو اخلاق پر تولتے ہیں۔ اگر گھر والوں کی نظروں میں یہ بات اخلاق پر پوری نہیں اُترتی جیسا کہ صاف ظاہر ہے کہ نہیں اُترے گی۔ تو وہ اپنی لڑکی کو اس جوان لڑکے سے گفتگو نہیں کرنے دیں گے۔ یہ تو صاف ظاہر ہے کہ گھر والوں نے مجھے کبھی کسی غیر شخص سے کلام کرنے کی اجازت نہ دی، اور نہ ہی میں نے ایسی اجازت طلب کرنے کی جرأت کی۔ اگر میں چاہتی تو ان باتوں کے لئے راستہ نکال سکتی تھی۔ لیکن دل ان باتوں کے لئے تیار نہ تھا۔ برسوں کی ذہنی غلامی نے دماغ پر ایک آہنی غلاف چڑھا دیا تھا۔ جس کو مغربی تعلیم کی بی۔ اے کی ڈگری بھی نہ توڑ سکی۔ تم تو پوچھ سکتے ہو کہ بھلا میں خود بی۔اے میں پڑھتی رہی اور وہ بھی بھگوان داس کالج میں جہاں لڑکے اور لڑکیاں اکٹھے پڑھتے ہیں۔ تو پھر بھی مجھے یہ جُرأت نہ ہو کہ کسی لڑکے سے آشنائی کر لیتی۔ محبت کی پینگیں بڑھاتی۔ رات کے اندھیرے میں کسی کے ساتھ سینما چلی جاتی اور بہانا بنانا تو مشکل بات نہیں۔ گھر والوں سے کہہ دیا کہ کالج میں لڑکیوں کا ڈراما ہے۔ یا فلاں پروفیسر کو لٹریچر پر شاندار لیکچر دینا ہے۔ ہزاروں بہانے بنائے جاسکتے ہیں جو میں یہاں نہیں لکھنا چاہتی۔ اور کسی شام کو اپنے نئے ساتھی کے ساتھ لارنس باغ کی سیر کو جاتی۔ عورتیں بہترین ساڑیاں پہنے ہوئے اس جنت مقام پر آتی ہیں۔ ہر طرف پھول کھلے ہوئے ہوتے ہیں۔ مہکی مہکی خوشبو۔ رنگ برنگ کی ساڑیاں۔ نیلی پیلی ارغوانی۔ ہوائیں لہراتے ہوئے بال اور لڑکوں کا جمگھٹا۔ بہترین سوٹوں میں ملبوس ٹائیاں ہوا میں اُڑ رہی ہیں اور رغوں کے غول ادھر اُدھر لڑکیوں کے پیچھے بھاگے جا رہے ہیں۔ لڑکیاں خوش ہوتی ہیں۔ بنتی ہیں دل میں اُمنگیں اُٹھتی ہیں۔ جسم میں گدگدی ہوتی ہے۔ کسی سے آنکھیں ملتی ہیں۔ جسے تم نہیں جانتے۔ اور شاید وہ پھر

مل نہ سکے۔ اور کبھی ملتے بھی نہیں۔ لیکن کسی کی آنکھیں بار بار تمھاری طرف اٹھتی ہیں۔ تمھارے قدم جلدی جلدی اُٹھتے ہیں اور اپنی سہیلیوں کو ساتھ لے کر وہ اوجھل ہو جاتی ہیں۔ باتیں ہوتی ہیں اور ہر روز ہوتی رہیں گی چاہے متوسط درجے کے لوگ چیخ چیخ کر مر جائیں۔ چاہے وہ دُنیا کے بہترین شاعروں کی غزلوں کو آگ کی نذر کر دیں۔ چاہے وہ فحاشیوں کی کتابوں کو قابلِ ضبطی قرار دیں۔ لیکن یہ کشش جو ایک جوان عورت اور مرد کے درمیان ایک دوسرے کو دیکھنے سے ہوتی ہے۔ یہ کبھی نہیں مر سکتی یہ ایک فطری ضرورت ہے جس سے تم بھی انکار نہیں کر سکتے۔ یہ متوسط طبقے کے لوگ جن پر اخلاق ایک ہوا بن کر چھا گیا ہے۔ یہ چاہتے ہیں کہ ان کی بہو بیٹیوں کے دماغ میں ایسے خیالات نہ آئیں۔ یہ چاہتے ہیں کہ گو وہ ہر سال ایک بچہ پیدا کریں۔ لیکن ان کی لڑکیوں کو یہ پتہ نہ چلے کہ یہ بچے کہاں سے آتے ہیں، کسی کا گرم سانس انھیں نہ چھو جائے۔ کسی غیر انسان کی آنکھیں ان کی لڑکیوں پر نہ پڑ جائیں۔ یہ گندے ناولیں نہ پڑھیں۔ یہ عشقیہ نظمیں نہ سُنیں۔ یہ کسی خوبصورت لڑکے کو دیکھ کر خوش نہ ہوں یہ موسیقی کی طرف رجوع نہ ہوں۔ یہ ناچ کو نہ اپنائیں۔ لیکن اس کے باوجود بھی سب کچھ ہو رہا ہے۔ لڑکیاں ناچتی ہیں۔ گاتی ہیں۔ کسی کی خمار آلود نگاہوں کے تلذذ سے محفوظ ہوتی ہیں۔ رات کی تاریکیاں ان کے لئے بوجھل بن جاتی ہیں۔ اور وہ تصورات کی دُنیا میں کھو جاتی ہیں۔ یہ جانتے ہوئے بھی کہ جو کچھ وہ چاہتے ہیں کبھی نہیں ہو سکتا۔ اور نہ ہو کر رہے گا۔ یہ متوسط طبقے اپنے بچوں کی زندگیوں کو برباد کرنے پر تُلے ہوئے ہیں۔ اُف یہ اخلاق! لیکن تمھیں اخلاق سے کیا تعلق تم اخلاق سے کوسوں دور بھاگتے ہو۔ میں کتنی خوش ہوں کہ تم اخلاق سے بالاتر ہو۔ اور تم نے مجھے اخلاق سے بالاتر کر دیا۔ لیکن کیا دُنیا میں اخلاق کوئی چیز نہیں۔ بحث کی ضرورت نہیں۔ پند و نصیحت کا وقت نہیں اور میں کیا نصیحت کر سکتی ہوں اور نہ ہی میں نصیحت پر یقین رکھتی ہوں۔ میں ان ناصحوں سے کوسوں دُور بھاگتی ہوں۔ ”یہ نہ کرو۔ وہ نہ کرو۔ فلاں بزرگ نے یہ کہا ہے کہ فلاں کتاب میں یہ لکھا ہے۔ مذہب اس کی اجازت نہیں دیتا کتابیں۔ مذہب۔ بزرگ.....“

خیر میں کہہ رہی تھی کہ طالب علمی کے زمانے میں کسی نوجوان نے مجھ سے محبت کرنے کی ہمت

ہنکی اور اس کی بڑی وجہ یہ بھی کہ میں بدصورت تھی، تھی نہیں بلکہ ہوں، اس کا تمھیں علم بھی ہے۔ اور میری بدصورتی کا فائدہ تم نے جس طرح اُٹھایا اُس کی بھی داد دیتی ہوں۔ میں بدصورت کیوں ہوں اس کی بھی وجہ ہے۔ تم شاید میری باتوں سے چڑھ جاؤ اور خط کو پڑھے بغیر پھینک دو۔ اور دل میں سوچو کہ کیا ہر بات کی کوئی وجہ ہوتی ہے۔ لیکن میرا آخری خط پڑھنے میں تمھیں کیا اعتراض ہو سکتا ہے میں یقین سے کہہ سکتی ہوں کہ یہ میرا آخری خط ہے۔ تمھیں ان خوبصورت لمحوں کی قسم جن کی یاد میرے ذہن پر مرتسم ہے۔ سچ کہتی ہوں میں وہ لمحے زندگی بھر یاد رکھوں گی۔ میں ان حسین لمحوں کو کبھی بھول نہیں سکتی۔ وہ میری زندگی بھر کا بہترین سرمایہ ہیں۔ وہ میری جوانی کی اوّلین اور آخری اُمنگوں کا نچوڑ ہیں۔ میں نے ان لمحوں سے کتنا خط اُٹھایا تھا اس کا میں بھی ذکر کروں گی۔ چاہے متوسط درجے کے لوگ مجھے فاحشہ ہی کیوں نہ کہدیں۔ پہلے میں یہ بتادوں کہ میں بدصورت کیوں ہوں میری ماں! تم نے دیکھی ہے نا! مجھے اپنی ماں سے محبت ہے۔ لیکن اس کا یہ مطلب نہیں کہ میں اپنی ماں کی بُرائیوں کو نہیں جانتی۔ اس کے عیب مجھ سے چھپے نہیں ہیں۔ وہ نہایت موٹی اور بھدّی عورت معلوم دیتی ہے کہو تو اس کے جسم کی ہر نقش کو یہاں بیان کردوں۔ لیکن مجھے متوسط درجے کے لوگوں کا خیال ہے۔ کہ کہیں مجھے زندہ پھانسی پر نہ لٹکا دیں۔ صرف اس قصور پر کہ ایک بیٹی ہو کر اپنے ماں باپ کے نقائص بیان کرتی ہے۔ اور میرا باپ میری ماں سے بھی بدصورت چھوٹا قد، چہرہ لٹکا ہوا۔ گال اندر دھنسے ہوئے۔ پتلا سا جسم۔ جس میں ہڈیاں تک نظر آتی ہیں۔ اور اس کے ساتھ ہی خدا نے میرے باپ پر ایک کرم اور کیا۔ کہ اس کی دائیں ٹانگ بائیں ٹانگ سے چھوٹی بنادی۔ جب وہ چلتے تو میں "وہ چلنا" یہاں لکھنا چاہتی ہوں۔ لیکن مجھے دُنیا والوں کے اخلاق کا پاس ہے۔ جب وہ چلتے ہیں تو ایسا معلوم ہوتا ہے ـــــ جیسے لگڑ بھگڑ یا چرخ۔ خیر یہ میرے باپ کی دوسری شادی ہے۔ پہلی شادی سے کوئی لڑکا نہ تھا۔ لیکن میرے باپ کو یہ فکر ہوئی کہ اتنی جائیداد کون سنبھالے گا۔ اتنا بڑا دومنزلہ مکان۔ ایک کنواں۔ اتنی زمینیں جو اپنا خون چوس چوس کر خریدی گئی تھیں۔ ان کا کون مالک ہوگا۔ اور پھر دنیا والوں کے طعنے۔ اور کیا طعنے تھے۔ کہ میرا باپ کمزور ہے۔ اس لئے وہ بچہ پیدا کرنے

کے ناقابل ہے۔ لیکن کس طرح ہو سکتا ہے۔ کہ ایک انسان ہو، گورنمنٹ سروس کرتا ہو، زمین ہو، مکان ہو اور لڑکا نہ ہو۔ اور طعنے۔ مجبوراً میرے باپ نے دوسری شادی کی۔ اور خدا بھلا کرے۔ ان محلے والوں کا کہ دو لڑکے اور ایک لڑکی پیدا ہوئی۔ خدا خدا کر کے لوگوں نے طعنے دینے بند کئے اور متوسط درجے کا اخلاق بام عروج پر پہنچ گیا۔ میرے باپ کی عزت رہ گئی۔ اور اجڑا ہوا گھر بس گیا۔ اکثر میرے ماں باپ میں لڑائی ہوا کرتی تھی۔ اکثر میری ماں کہا کرتی تھی۔ کہ انھیں اپنی صحت کا خیال نہیں۔ دن رات دفتر کے کام میں لگے رہتے ہیں۔ گھر کا ذرا خیال نہیں۔ بس ایک چپاتی کھاتے ہیں۔ ایک روٹی سے کیا بنتا ہے۔ فروٹ جوس نہیں پیتے۔ دودھ نہیں پیتے۔ مکھن نہیں کھاتے اور نہ کبھی تیل کی مالش نہیں کرتے۔ ہمارے پڑوس میں انہی کے عمر کے بابو رہتے ہیں۔ کیا نام ہے ان کا۔ بھلا سا نام ہے۔ میں نے ان کی شکل تک بھی نہیں دیکھی۔ مجھے کیا واسطہ ان کی شکل سے۔ لیکن نہایت خوبصورت اور خوش شکل ہیں۔ جسم بھرا بھرا سا۔ چوڑا چکلا سینہ۔ بازو موٹے موٹے گٹھے ہوئے۔ اور آنکھیں۔ آنکھوں میں چمک۔ گال سُرخ اور کیا بتاؤں کتنی اچھی صحت ہے۔" اور میں دل میں سوچتی ماں کو یہ کیسے معلوم ہو گیا کہ ابھی ابھی وہ کہہ رہی تھیں۔ کہ انھوں نے بابو صاحب کی شکل تک نہیں دیکھی۔ لیکن اس وقت تو وہ بابو صاحب کے ہر حصے کو اس طرح پہچانتی ہیں جیسے انھوں نے ڈاکٹری معائنہ کیا ہے۔ لیکن یہ سوال کرنا اخلاق سے بعید ہے۔

☆

ازلبس یہ کہ تم میری بدصورتی کی وجہ سمجھ گئے۔ یہ وراثت سے ملی ہے۔ اس میں میرے باپ کا قصور نہیں۔ کہ انھوں نے کیوں ایک دوسرے سے شادی نہ کرتے تو کوئی اور میری ماں سے شادی نہ کرتا۔ میں اگر حساس نہ ہوتی یا خوبصورتی سے مجھے اتنا لگاؤ اور دلچسپی نہ ہوتی تو شاید مجھے اپنے بھدے پن پر اتنا ناز تھا کہ جتنا ایک خوبصورت عورت کو اپنی خوبصورتی پر ہوتا ہے۔ لیکن میں کیا کرتی۔ میرے سوچنے کا ڈھنگ ہی نرالا تھا۔ مجھے بدنما چیز اچھی نہیں لگتی۔ مجھے خود اپنے آپ سے نفرت تھی۔ گو میں اتنی بدصورت نہ تھی۔ جتنی کہ میں بن رہی ہوں۔ تو شاید تم میری طرف مائل نہ ہوتے۔ میری طرف مائل ہونے کی ایک

وجہ یہ بھی تھی کہ میں آج تک کسی طرف مائل نہ ہوئی تھی۔ سچ جانو کہ بی۔ اے پاس کرنے کے بعد تک میں مرد کے گرم سانس سے نا آشنا تھی۔ اور جب میں بی۔ ٹی کر چکی تو میری خواہش کچھ مُردہ ہو چکی تھی۔ زندگی کی پیہم شکستوں نے مجھے بے جان کر دیا۔ گھٹے ہوئے ماحول نے اُمنگوں کا کچومر نکال دیا۔ جوانی آئی اور آتی بھی کیوں کر۔ جسم کی ہر رنگینی جذبات کے مسلے جانے سے فنا ہو گئی۔ اعصاب پُورے طریقے سے نشو و نما نہ پا سکے۔ آنکھوں کی چمک کسی انتظار میں غائب ہو گئی۔ شباب کی رنگینی جو ایک کنواری عورت کے چہرے پر ہوتی ہے۔ آہستہ آہستہ اُڑ گئی۔ ہونٹ خشک ہوتے گئے۔ بانہوں پر گوشت نہ چڑھ سکا۔ مجھے ان دنوں کسی سے محبت نہ تھی لیکن ذہن میں ایک پریشانی دبی رہتی تھی۔ سر پر ایک جنون سوار رہتا تھا۔ میرے خیالات اگر متوسط درجہ کے اخلاق پر تولے جائیں تو مجھے کہنا پڑے گا کہ میرے خیالات ہمیشہ پراگندہ رہتے تھے۔ یہ پراگندگی میرے جسم کا حصہ بن گئی۔ میرے جسم کے ہر حصہ پر چھا گئی۔ پھر آہستہ آہستہ اس پراگندگی کی یہ تشکیل ہوئی کہ میں اس جوتے کی طرح دکھائی دینے لگی جو عرصہ تک دھوپ میں پڑا رہنے سے بدوضع اور بیڈول ہو جاتا ہے۔ میرے ذہن میں خیالات مردہ ہو چکے ہیں۔ اور پراگندگی کا اثر اعصاب پر ہو چکا تھا۔ جنسی خواہشیں ایک طرح سے "______" ہو چکی تھیں یا یوں کہا جائے کہ جنسی خواہشوں کو ماحول نے اُبھرنے نہ دیا لیکن فرائڈ کے کہنے کے مطابق جنسی خواہش مرتی نہیں۔ دبائی جاتی ہے۔ شاید یہی حالت تھی گو احساسات۔ اُمنگیں۔ آرزوئیں اُبھر اُبھر کر شل ہو چکی تھیں لیکن ایک چنگاری کسی کونے میں دبی ہوئی تھی۔ میری حالت اس جلے ہوئے اُپلے کی طرح تھی۔ جو اُوپر سے بالکل راکھ دکھائی دیتا ہو۔ لیکن جس کے ______ اندر ہی اندر چنگاری سُلگتی رہے۔

کبھی کبھی سوچتی ہوں کہ تُم نہ آتے تو کتنا اچھا ہوتا۔ لیکن پھر خیال آتا ہے کہ تم نہ آتے تو تمھاری جگہ کوئی اور آجاتا ______ تم اتنے خوش شکل تو نہ تھے کہ تُم مجھے بھا جاتے۔ گو تمھارا قد کافی لمبا تھا۔ تمھارا جسم بھرا ہوا لیکن تمھارا چہرہ عجیب بیڈول سا بے ڈھنگا سا۔ یوں مجھے کچھ بھایا نہیں۔ سچ کہتی ہوں۔ بُرا نہ مانو۔ اور پھر تُم نے میری جانچ پڑتال بھی نہ کی۔ میں پہلے ہی سمجھ گئی کہ تُم جیسے لڑکے مجھے ہمیشہ نظر انداز کر دیتے۔ کیوں؟ میں ایک ہی نظر میں بھانپ گئی تھی کہ تمھیں اپنی خوبصورتی کا ناز

ہے۔ اور پھر تمہارے دوست بھی کتنے بھونڈے اور بھدے تھے۔ وہی واسدیو اس کی شکل مجھے کبھی نہیں بھولتی۔ وہ مجھے گھور گھور کر دیکھتا تھا۔ اور کئی بار راستہ میں کھڑے ہو ہو کر ہنستا رہتا تھا۔ یا کبھی مُسکرا دیتا تھا۔ یا کبھی اپنے دوست کو آواز دیتا۔ تاکہ میں اس کی طرف دیکھوں۔ اور کتنے ہی حیلے جتن کرتا۔ مگر آج کل کی لڑکیاں یوں نرغہ میں نہیں آتیں اور پھر واسدیو جیسے نامعقول آدمیوں سے انھیں کیا لگاؤ ہو سکتا ہے۔ تم اکثر چُپ رہتے ہو۔ یُوں گُم سُم جیسے تمھیں میرے وجود کا علم ہی نہیں اور نہ ہی میں تمھیں اپنے وجود کا احساس کرانا چاہتی تھی۔ مجھے تُم سے محبت نہ تھی اور نہ ہو سکتی تھی۔ یہ علیحدہ بات ہے کہ ماحول نے ہم دونوں کو غیر شعوری طور پر ایک دوسرے کا احساس کر دیا۔ یہ کس طرح ہو سکتا تھا۔ کہ ہم دونوں ایک دوسرے کے وجود کا احساس نہ کرتے اور اس وجود کا احساس دن بدن شدید ہوتا گیا۔ جوں جوں دن گذرتے گئے تُمھارا وجود میرے ذہن پر ایک کابوس بن کر چھا گیا اور جب تُم اکیلے رہ گئے اور تمھاری اماں کسی ضروری کام سے کسی دوسرے شہر چلی گئیں تو تمھارا وجود میرے لئے ایک بوجھل غبارہ بن گیا۔ درمیانی طبقے کی گرفت کچھ ڈھیلی نظر آئی۔ اگر تُم مجھے بالکل تنہا اور اکیلے نظر آتے۔ اکثر تم رات کے وقت دیر تک پڑھتے رہتے تھے۔ پتہ نہیں کیا پڑھتے رہتے تھے لیکن مجھے یہ صاف معلوم ہے کہ تم اکثر اس وقت بجلی بجھاتے جب میں بیڈ نگ لیمپ کو بجھاتی۔ میں نے پہلے اس بات کو یونہی نظر انداز کر دیا۔ لیکن بعد میں سوچنے لگی۔ کہ تُم کیوں جاگتے ہو۔ لیکن میں نے کبھی یہ خیال نہ کیا کہ میں کیوں جاگتی رہتی ہوں۔ میں کیوں پہلے نہیں سو جاتی۔ اور کیوں تمھارے لیمپ کی روشنی کی طرف دیکھتی رہتی ہوں۔ مجھے ایسا معلوم ہوتا ہے کہ ہم دونوں ایک ہی لیمپ کی روشنی میں پڑھ رہے ہیں۔ اور جب لیمپ کی روشنی بجھ جاتی اور میرے اِرد گِرد اندھیرا ہو جاتا تو میں گھبرا جاتی۔ اور میں سوچتی کہ میں اکیلی ہوں اور کبھی آسمان کی طرف دیکھتی کہ جو ستاروں سے اَٹا ہوا معلوم ہوتا اور کبھی کبھی کوئی ستارہ ٹوٹتا اور افق کی طرف بھاگتا ہوا چلا جاتا۔ اس کے پیچھے پیچھے روشنی کی ایک لکیر آہستہ آہستہ معدوم ہو جاتی دور اس پار محلے کے کتے کے بھونکنے کی آواز چوکیدار کے چلانے کی آواز میں مدغم ہو جاتی۔ ذہن پر ایک تاریکی چھا جاتی اور میں دیر تک جاگتی رہتی۔ حتیٰ کہ مشرق سے سورج انگارہ بن کر نکل آتا۔ اور اس کی نکیلی

کرنیں میرے پریشان ۔ تھکے ہوئے چہرے پر پڑتیں ۔ اکثر میں سوچتی کہ میں اکیلی ہوں اور تم اس کمرے میں اکیلے ہو اور پھر ہم دونوں اکیلے ہیں ۔ یہ کیوں ہے ۔ ایسا کیوں ہے ؟ مجھے تم سے محبت بالکل نہ تھی ۔ اور اب بھی نہیں ہے ۔ لیکن غیر شعوری طور پر میں تمھاری کھنچی چلی گئی ۔

اور پھر اس دن کی بات ہے ۔ دن نہیں بلکہ رات تھی ۔ کیا تاریخ تھی ؟ تمھیں یاد نہ ہوگی ۔ مجھے یاد ہے ۔ ۱۹ مارچ سنہ ۱۹۴۳ء شاید تم اس تاریخ کو بھول گئے ہوگے ۔ لیکن مجھے یہ رات نہیں بھول سکتی ۔ اس رات صدیوں کے بنائے قوانین ایک عورت کو نہ جکڑ سکے ۔ اس رات مجھے یہی خیال آتا رہا کہ تم اکیلے ہو ۔ اور میں تمھارے پاس چلی آؤں اور کہوں کہ آؤ مجھے پیار کرو ۔ تو تم کیا کہوگے ۔ ہوسکتا ہے کہ اگر تم کسی رات میرے پاس آجاتے تو چیخ اٹھتی اور کہتی کہ یہ چور ہے اس نے میری عصمت کو چھینا ہے ۔ لیکن میں تمھارے پاس اکیلی آجاؤں اور میں یہ سوچتے سوچتے پڑھنے لگی ۔ لیکن دماغ میں الفاظ پھیلتے چلے گئے ۔ اور مجھے یوں محسوس ہونے لگا ۔ جیسے میں ایک بڑی چٹان سے پھسل رہی ہوں ۔ تم ابھی تک نہ آئے تھے ۔ پہلے تو تم آجاتے تھے ۔ آج تم نے کیوں میری بلاتے ـــــــ میں نے سوچا مجھے کیا پروا ۔ تم آؤ یا نہ آؤ ۔ میں نے سونے کی کوشش کی لیکن دل جاگنے پر مصر تھا ۔ دل کہہ رہا تھا انھیں آنے دو ۔ ابھی آجائیں گے ۔ نوکر نے دروازہ بند کر دیا ۔ وہی بڑا دروازہ ۔ میں نے سوچا ۔ اب تمھارے آنے کا کوئی امکان نہیں ۔ اب مجھے سو جانا چاہیے ۔ میں نے لیمپ گل کر دیا اور بستر پر دراز ہوگئی ۔ آسمان پر تارے میرا منہ چڑانے لگے ۔ یہ اندھیرا یہ گھپ اندھیرا روشنی کہیں بھی نہیں گھڑیوں نے بارہ بجائے ۔ نیچے دالان میں کسی کے خراٹے کی آواز آنے لگی ۔ ساری دنیا سو رہی ہے ۔ لیکن میری آنکھوں میں نیند عنقا تھی ۔ اور پھر یہ ذہنی پریشانی ۔ جیسے میں کسی دلدل میں دھنسی جا رہی ہوں ۔ کسی نے دروازہ کھٹکھٹایا ۔ پھر کسی نے دروازہ کھٹکھٹایا ۔ میں چپ رہی کتا ہوگا ۔ میں نے سوچا ۔ پھر کسی نے آواز دی ۔ یہ تمھاری آواز تھی ۔ میں نے سوچا نوکر دروازہ کھول دے گا ۔ لیکن تم آوازیں دیتے رہے اور صحن سے خراٹوں کی آواز آتی رہی ۔ میں نے سوچا کیوں نہ دروازہ کھول دوں ۔ دل نے کہا اور میں چپکے سے اٹھ کر نیچے چلی گئی ۔ اور دروازہ کھولا ۔ دروازہ کھلتے ہی تم نے

ٹارچ جلائی۔ جیسے کوئی بھولا بھٹکا راستہ ڈھونڈ رہا ہو۔

"اِدھر اُوپر۔" میں نے زیرِ لب کہا کہ۔ دل دھک دھک کرنے لگا۔ ٹانگوں میں ایک بجلی کی لہر دوڑ گئی۔ کنپٹیاں جلنے لگیں اور گلے سے ایک لیس دار لعاب نکلتا ہوا معلوم ہوا۔ اور پھر تاریکی ...

..... اس تاریکی میں کیا ہوا۔ یہ تُم جانتے ہو۔ شاید اس سے پہلے تُم کسی عورت سے ہمکنار ہو چکے ہوگے۔ لیکن میرے لئے یہ پہلا موقع تھا۔ تمہارے ہونٹ خُشک اور باسی تھے۔ اور اُن میں بیئر کی خوشبو آرہی تھی۔ اُس دن مجھے معلوم ہوا کہ تُم بیئر بھی پیتے ہو۔ میں اُس دن زندگی کی مٹھاسوں سے آشنا ہوئی۔ تمہارے وجود نے جو میرے جسم سے ہمکنار تھا۔ میری روح پر ایک نشہ سا طاری کر دیا تھا۔ اور تُم دیر تک میرے پریشان بالوں سے کھیلتے رہے۔ میں نے تمہارے ہونٹوں کو چُوما۔ تمہارے گالوں، تمہاری گردن چُوم چُوم کر چور ہو گئی اور سچ کہتی ہوں آج تک تمہارے ہونٹوں کا مزہ میرے ہونٹوں پر موجود ہے۔ ابھی تک میرے ذہن میں تمہارے جسم کی بسا ند تر و تازہ شیریں اور گرم۔

دور آسمان پر تارے مُسکرا رہے تھے۔ ہوا میں ایک خنکی سی رچی ہوئی تھی۔ میں چاہتی تھی کہ تمام دُنیا اسی طرح سوتی رہے اور یہ رات ایک مسلسل رات بن جائے مجھے کتنا سکون نصیب ہوا۔ مجھے کتنی خوشی ہوئی اسے میں ہی جانتی ہوں۔ چاہے تو اسے مٹتے ہوئے شباب کی تاثیر سمجھ لو۔ یا ایک جوان عورت کی بیوقوفی کا مرقع۔ لیکن وہ ضرور خوشی کے لمحے تھے۔ مجھے زندگی بھر کبھی اتنی مسرت حاصل نہ ہوئی تھی۔ میری زندگی کے تار کبھی اس طرح کانپے نہ تھے۔ اس دن تُم نے مُجھ سے محبت کرکے اس لازوال مسرت کی لذت کو آشنا کر دیا۔ کیا اچھا ہوتا کہ یہ محبت جاودانی ہو جاتی۔ یہ رشتہ ہمیشہ کے لئے پکا ہو جاتا۔ لیکن ایسا نہ ہوا۔ دن گزرتے گئے اور مجھے اپنی وحشیانہ غلطی کا خمیازہ بھگتنا پڑا۔ میں نے تُم سے کہا کہ تُم میری مدد کرو۔ تُم نے انکار کر دیا۔ مجھے تمہارے انکار سے حیرت نہیں ہوئی۔ مجھے اُمید تھی کہ ایسا ہی کرو گے۔ اور پھر ایسا کیوں ہو۔ کیا دُنیا میں کبھی ایسا نظام نہ ہوگا۔ جہاں مرد اور عورت تاروں کی چھاؤں میں اکٹھے رہ سکیں گے۔ اور دُنیا کے یہ بنائے ہوئے قانون کبھی رخنہ انداز نہ ہو سکیں گے۔ جس صبح میں بھاگی۔ اس وقت چاروں طرف میلا میلا اندھیرا تھا۔

ہوا میں اسی گھٹے ہوئے ماحول کی بدبو آرہی تھی اور آسمان پر چاند یاس وحسرت کا مرقع بنا ہوا تھا۔ ایکا ایک چاند پر سیاہ بادل چھا گئے۔ اور چاروں طرف اندھیرا چھا گیا۔ کسی نے مجھے نہ بلایا۔ اور تم کہاں تھے ! اس نے سوچنے کی کوشش کی۔

میں اب کیا کہوں اور کیا کرتی ہوں شاید تم جاننا چاہو۔؟ میں ایک معمولی سے اسکول میں استانی ہوں۔ اور میرے ایک بچہ ہے۔ ایک چھوٹا سا پیارا بچہ۔ اس کی آنکھیں تم سے ملتی ہیں۔ لیکن تمھیں اس سے کیا غرض۔ !

کبھی کبھی وہ آسمان کی طرف انگلی اٹھا کر کہتا ہے "ماں۔ ابا۔؟ ابا۔؟ اور میں کبھی کبھی سوچتی ہوں کہ کیا ہی اچھا ہو۔ کہ اس دنیا میں نہ مائیں ہوں نہ باپ صرف انسان اور بچے۔

زندگی چاندسی عورت کے سوا کچھ بھی نہیں

اس نے نیا سوٹ پہنا۔ اور قد آدم آئینے کے سامنے کھڑے ہوکر اپنا جائزہ لیا۔ سر کے بال کچھ بکھرے ہوئے تھے۔ اس نے بُرش سے بالوں کو اپنی جگہ جمایا ـــــ اور سر کو جھٹک کر پھر آئینے کے سامنے کھڑا ہوگیا ـــــ اسے اپنی ناک کچھ لمبی سی دکھائی دی۔ کاش اس کی ناک اتنی لمبی نہ ہوتی۔ تو اس کی زندگی خوش گوار ہو جاتی۔ سر پر فیلٹ رکھ کر اُس نے ایک شعر گنگنانا شروع کیا۔ بیگ میں کچھ کاغذات رکھے۔ اور نوکر کو چند ہدایات دینے کے بعد سیڑھیاں اُترنے لگا ـــــ؟ آج وہ خوش تھا اس کے نوکر نے نہایت ہی لذیذ کھانا پکایا تھا۔ اور اس نے پیٹ بھر کر کھایا تھا ـــــ وہ جلدی سیڑھیاں اُتر گیا۔ اور اپنی پُرانی کار کے سامنے کھڑا ہوگیا۔ گو کار پُرانی تھی۔ لیکن آج کل کار سستے داموں میں کہاں ملتی ہے۔ بڑی کوششوں کے بعد اسے یہ کار ملی تھی۔ کار خریدنے کے بعد لوگوں میں اس کی عزت اور توقیر بڑھ گئی تھی۔ کہاں تو دوست یار اسے انشورنس ایجنٹ کہہ کر ذلیل کرتے تھے۔ کہاں اب وہی دوست اس سے ملنا اپنی عزت سمجھتے ہیں۔ اور اس نے کار کا دروازہ کھولا۔ اور ہینڈل کو رومال سے صاف کرنے لگا۔ اس نے سوچا کہ وہ کدھر جائے۔ یونہی اسے خیال آیا۔ کہ پہلے کار میں بیٹھ جائے۔ پھر سوچے گا کہ اسے کدھر جانا ہے۔ کار میں بیٹھے ہوئے اُسے چند سیکنڈ ہی گذرے تھے کہ اسے پسینہ آنے لگا۔ اس نے ہینڈل

گھمایا اور کار کو اسٹارٹ کر دیا ۔ اور ایک اچٹتی ہوئی نگاہ ساتھ والے مکان پر ڈالی ۔ یہاں اس کا دوست سُریندر رہتا تھا ۔ کیوں نہ اُسے بلا لے ۔ اور دونوں سیر کرنے چلیں ۔ کمبخت سو رہا ہو گا یا کوئی کتاب پڑھ رہا ہو گا ۔ یا کوئی بیہودہ سی کہانی لکھ رہا ہو گا ۔ کہتا ہے کہ میں افسانہ نگار ہوں ۔ ایسے افسانہ نگار بہت دیکھے ہیں اس کی زندگی اس فلیٹ میں گزر جائے گی ۔ کسی سے ملتا بھی تو نہیں ۔ ترقی کیسے کرے گا لعنت بھیجو اس پر ۔ مرنے دو کمبخت کو ۔ اسے اپنی اقتصادی حالت کو دوسروں سے بہتر دیکھ کر خوشی محسوس ہوئی ۔ ہینڈل کو گھماتے ہوئے وہ کار کو آگے لے گیا ۔ اب کار آہستہ آہستہ جا رہی تھی اور وہ سگرٹ کا دھواں کار میں بکھیر رہا تھا ۔ آج وہ خوش تھا ۔ بے حد خوش تھا ۔ زندگی گزر رہی تھی ۔ اچھی گزر رہی تھی جب انسان کا پیٹ بھرا ہوا ہو اور بٹوے میں چاندی کے سکّے ہوں اور کار بھی ہو ۔ اور وہ دیکھ رہا ہو کہ اس کے بھائی پیدل چل رہے ہیں اور اس کی کار خراماں خراماں آگے بڑھ رہی ہے تو اس کی خوشی کی کیا انتہا ہو سکتی ہے ۔ اس نے سوچا کہ وہ ان سے کئی درجے بہتر ہے ۔ احساس برتری سے اس نے گردن کو اکڑا لیا اور سگرٹ کے دھوئیں کو زور سے چھوڑتے ہوئے کار کی رفتار کو تیز کر دیا ۔ ہوا خوشی سے گاتی ہوئی اس کے قریب سے گذر گئی ۔ اب وہ اور قریب آ رہا تھا ۔ اور قریب آ رہا تھا ۔ اب خداداد سرکل آ گیا تھا ۔ ایک لمحہ کے لئے اس نے بائیں طرف دیکھا ۔ دو خوبصورت آنکھیں اسے دیکھ کر مُسکرا رہی تھیں " مجھے " اس نے سوچا جیسے اسے ان آنکھوں پر یقین نہ آیا ہو ۔ اور وہ کار کو گھما کر آگے بڑھ گیا ۔ وہ سوچ رہا تھا ۔ اور کار آگے بڑھ رہی تھی ۔ وہ کیا کرے کیا واپس مُڑ کر لڑکی کے قریب سے گزرے ۔ شاید وہ پھر مُسکرائے ۔ لیکن اسے خیال آیا ۔ کہ اس کی ناک لمبی ہے ۔ کوئی لڑکی اسے دیکھ کر مُسکرا نہیں سکتی ۔ کئی بار وہ اس کار میں بیٹھ کر اس سرکل کے قریب سے گزرا ہے لیکن کسی لڑکی نے اس کی طرف مُسکرا کر نہیں دیکھا تھا ۔ لیکن اس وقت اس کا دل بار بار کہہ رہا تھا کہ میاں چلو ایک بار پھر اسی لڑکی کے قریب سے گزرو ۔ اس نے ہینڈل کو گھمایا اور کار پھر واپس چلی ۔ اب کے لڑکی پھر مُسکرائی ۔ اس نے کار روک لی ۔ اور پچھلی سیٹ کا دروازہ کھول دیا ۔ اس کی پریشانی کی حد نہ رہی جب معلوم ہوا کہ ایک کے بجائے دو لڑکیاں پچھلی

سیٹ پر آگئی تھیں ۔اس کا دل دھک دھک کر رہا تھا۔اس نے نہایت پھرتی سے کار کا دروازہ بند کیا۔اور لڑکیوں پر اچٹتی ہوئی نگاہ ڈالتے ہوئے کار اسٹارٹ کر دی۔لڑکیاں پچھلی سیٹ پر بیٹھی ہوئی تھیں۔ اور وہ اگلی سیٹ پر بیٹھا ہوا کار کو آہستہ آہستہ چلا رہا تھا ایک مرد اور دو عورتیں یہ ایک خطرناک مثلث تھی۔ وہ تو صرف ایک لڑکی چاہتا تھا۔ وہ کس طرح اور کیوں آگئیں۔ وہ ان سے کیا کہے۔ بڑے سوچ بچار کے بعد اس نے "ہیلو" کہا۔ اور اس کی پیشانی پر پسینہ آگیا اس نے مُڑ کر دیکھا دونوں لڑکیاں پھر مُسکرا رہی تھیں وہ کچھ گھبرا سا گیا۔ ہینڈل ایک طرف کو مُڑ گیا اور ساتھ ہی ایک چیخ سُنائی دی۔ اُس نے فوراً بریک لگا دی۔ ایک اینگلو انڈین لڑکی کار کے نیچے آتے آتے بچ گئی تھی۔ اینگلو انڈین لڑکی نے قہر آلود نگاہوں سے اس کی طرف دیکھا اور کہا۔

"یو فول" ——

"آئی۔ ایم۔ ساری" اس نے کہا— اور کار کو پوری رفتار سے چھوڑ دیا۔ دونوں لڑکیاں آپس میں باتیں کر رہی تھیں لیکن ان کی باتیں اس کی سمجھ سے باہر تھیں۔ اس نے کنکھیوں سے لڑکیوں کی طرف دیکھا۔ اب کے اس کے ہاتھوں نے بڑی مضبوطی سے ہینڈل پکڑ رکھا تھا۔ لڑکیاں اس کی طرف دیکھ رہی تھیں۔ مُسکرا رہی تھیں۔ ایک لڑکی نے آنکھوں کو مٹکاتے ہوئے کہا۔"ہیلو" یہ سُنتے ہی وہ خوش ہو گیا۔ اور اسے محسوس ہوا کہ آج اس کی ناک چھوٹی ہو گئی ہے۔ اور اگر لڑکیاں اس طرح اس پر مہربان ہوتی گئیں تو ایک دن اس کی ناک بالکل غائب ہو جائے گی۔ لیکن اس خطرناک مثلث کا کیا علاج ہو گا۔ ایک مرد اور دو عورتیں وہ ان سے اکیلا کیا بات کرے۔ دونوں لڑکیاں پارسنیں تھیں۔ دونوں خوش شکل تھیں۔ خوبصورت تھیں۔ دونوں مُسکرا رہی تھیں۔ دونوں کے بال کٹے ہوئے تھے۔ اور دونوں نے سکرٹ پہنی ہوئی تھیں۔ دونوں کی ٹانگیں ننگی تھیں۔ سپید تھیں۔ آنکھوں میں شوخی تھی۔ شرارت تھی۔ لبوں پر لپ اسٹک تھی۔ سیاہ بالوں میں جوانی کی چمک تھی۔ آج تک کسی خوبصورت عورت نے اس سے بات تک نہ کی تھی۔ یوں تو فارس روڈ پر وہ کئی بار چکر لگا چکا تھا۔ لیکن وہ پڑھی لکھی لڑکیوں خوش پوش پارسنوں اور خوبصورت لڑکیوں کی محبت سے

بالکل بے گانہ تھا ۔ اگر ایک لڑکی ہوتی تو وہ اسے اپنے پاس بٹھا لیتا ـــ یہ سوچتے سوچتے وہ اپنے گھر کے قریب آگیا ۔ اور کار کو روک لیا ۔

"تمہارا نام ـــ" ؟

"کٹی" لڑکی نے جواب دیا ـــ"

"اور تمہارا ـــ" ؟

"لمٹی ـــ"

"کٹی اور لمٹی ۔ لمٹی اور کٹی ـــ" وہ بڑبڑایا ـــ کٹی لمٹی سے زیادہ خوبصورت تھی ۔ زیادہ چالاک تھی ۔ اس کی آنکھوں سے شرارت چھلکتی تھی ۔ اس نے زبان کو لبوں پر پھیرتے ہوئے کہا ۔

"آؤ چلیں ـــ"

"کہاں ـــ" ؟

"بس یونہی سیر کرنے ۔"

"لیکن میں اکیلا ہوں ۔" اس نے اپنی بے بسی کا اظہار کیا ۔

"تمہارا اور کوئی دوست نہیں ـــ" کٹی نے چمک کر کہا ۔

اور اس کی جان میں جان آئی ۔ اس نے سریندر کو آواز دی ، سریندر آواز سُن کر پہچان گیا ۔ کرسالا ایجنٹ ہوگا ۔ اور اس کو ایجنٹ سے نفرت تھی ۔ لیکن وہ ایجنٹ کی کار سے محبت کرتا تھا ۔ وہ انڈرویر پہن کر فرش پر لیٹا ہوا تھا ۔ جلدی سے اُٹھ کر اس نے بالکونی سے نیچے دیکھا ۔ گوپال اس کی طرف دیکھ کر مسکرا رہا تھا ۔ اس نے وہیں کھڑے ہو کر خشت لہجے میں پوچھا ۔

"کیا بات ہے ؟

ایک لڑکی نے سر نکالا اور اس کی طرف دیکھا ۔

گوپال نے آنکھ ماری ۔ اور رعب دار لہجے میں کہا ـــ کپڑے پہن کر فوراً آؤ ۔"

سُریندر نے ایک نئی ہیٹ نکالی ۔ بالوں میں تیل لگایا ۔ مانگ نکالی اور سیڑھیوں سے نیچے اُتر گیا ـــــ

گوپال نے کٹی اور ملی سے تعارف کرایا ، سُریندر نے لڑکیوں کو دیکھا ہے اور اسے محسوس ہوا کہ ان لڑکیوں کو ضرور کہیں دیکھا ہے ، شاید ملوسرکل کے قریب یہ ایک بار مُسکرائی تھیں ۔اس نے ایک بار لڑکیوں کا تعاقب کیا تھا۔ لیکن وہ لڑکیوں سے بات نہ کرسکا تھا ۔ دونوں لڑکیاں اسے پسند تھیں ۔ لیکن کٹی اسے زیادہ پسند تھی ـــــ

کٹی اُٹھ کر فرنٹ سیٹ پر بیٹھ گئی ۔ اور وہ ملی کے ساتھ بیٹھ گیا ۔ سریندر خوش شکل تھا۔ شاید اسی لئے لڑکیاں اس کی طرف جلدی مخاطب ہوئیں ۔ لڑکیاں باتیں کم کرتی تھیں ۔ مُسکراتی زیادہ تھیں ۔ اس نے اپنی فیلٹ ملی کے سر پر رکھ دی ۔

ملی نے کہا ـــــ" تھینک یو ـــــ" اور اس کی طرف دیکھ کر مُسکرانے لگی اور زبان ہونٹوں پر پھیرنے لگی ۔ کٹی نے گوپال کو ہلکی سی چپت لگائی اور کار کو اسٹارٹ کرنے کے لئے کہا ۔ گوپال نے سُریندر کو دیکھا ـــــ جیسے وہ پوچھ رہا ہو ۔ کدھر چلیں ۔

" آپ کچھ کھائیں گی" ؟

دونوں نے سر ہلایا ۔ اور سُریندر نے گوپال کو کسی نزدیک کے ایرانی ہوٹل میں چلنے کے لئے کہا ۔ گوپال نے کار اسٹارٹ کردی اور چند منٹوں میں وہ ایک ایرانی کے ہوٹل میں داخل ہو کر ایک فیملی روم میں بیرے کو بُلا کر چائے اور آملیٹ کے لئے آرڈر دیا ۔ اب کے سُریندر ملی کے قریب بیٹھ گیا ۔ اور گوپال کٹی کے قریب ۔ چاروں ایک دوسرے کے قریب بیٹھے ہوئے تھے ۔ اب چاروں خاموش تھے ۔ چُپ چاپ تھے ۔ اور ایک دوسرے کو دیکھ رہے تھے ۔

یہ خاموشی عجیب سی خاموشی تھی ۔ سُریندر نے اس خاموشی کو توڑتے ہوئے ملی سے کہا ۔

"آپ کے ہاتھ بہت ہی خوبصورت ہیں۔"

"آپ مجھ سے ایسی باتیں نہ کہیے" ملّی نے جل کر کہا۔"

گوپال کٹّی کے بالوں سے کھیل رہا تھا۔ ایکا یک اس کا ہاتھ کٹّی کے گالوں سے چھوگیا۔"

Learn-manners کٹّی نے گھورتے ہوئے گوپال سے کہا۔

گوپال کچھ کھسیانہ سا ہوگیا۔ اتنے میں بیرے نے چائے اور آملیٹ میز پر رکھ دیئے اور وہ سب کھانے لگے۔

سُریندر کا ہاتھ یکایک ملّی کی سفید ٹانگوں سے جا لگا اور ملّی نے سُریندر کا ہاتھ زور سے جھٹک دیا اور پھر آملیٹ کھانے لگی۔ گوپال نے اپنی کُرسی اور کٹّی نے اپنی کُرسی اور دور کرلی۔ اور پھر مُسکرانے لگی۔ گوپال نے کُرسی قریب کرکے کٹّی کے کمر میں ہاتھ ڈالنے کی کوشش کی۔ کٹّی نے اس کا ہاتھ زور سے جھٹک دیا۔ اس جھٹکے سے آملیٹ کی پلیٹ نیچے گرگئی۔ دونوں کی آنکھوں سے شعلے برسنے لگے۔

کٹّی نے قہر آلود نگاہوں سے گوپال اور سُریندر کی طرف دیکھا اور کہنے لگی۔

میں سمجھتی تھی کہ آپ لوگ شریف ہوں گے۔ لیکن آپ تو بہت ہی بدتمیز ہیں۔"

گوپال اور سُریندر خاموش رہے۔

"اگر آپ ہمیں اسی طرح تنگ کریں گے تو ہم ابھی چلی جائیں گی۔"

اور وہ دونوں اُٹھ کھڑی ہوئیں۔ سُریندر نے دونوں کی منت سماجت کی کہ اب دوبارہ کسی قسم کی حماقت نہ ہوگی۔ خدارا تُم دونوں بیٹھ جاؤ ———

اس منت سماجت کا اثر ضرور ہوا۔ اور وہ دونوں پھر چائے پینے لگیں۔

چائے پینے کے بعد وہ ریسٹورنٹ سے باہر نکلے۔

دونوں اپنے کیے پر نادم تھے۔ لیکن جب چاروں سڑک پر آگئے۔ تو لوگ انھیں گھور گھور کر دیکھنے لگے۔ گوپال اور سُریندر کو ایسا محسوس ہوا کہ سبھی لوگ انھیں خوش قسمت سمجھتے ہیں کہ ان

کے ساتھ دو پارسی لڑکیاں ہیں اور وہ بھی کتنی خوبصورت۔ اس احساس سے ان کے دل میں خوشی کی لہر دوڑ گئی۔ اور وہ گزری ہوئی باتوں کو بھول کر کار میں بیٹھ گئے۔

اس بار ملٹی گوپال کے ساتھ بیٹھی۔ اور کٹی سُریندر کے ساتھ۔ دراصل سُریندر خود کٹی کے ساتھ بیٹھنا چاہتا تھا کٹی کو وہ پسند کرتا تھا۔ وہ ملٹی سے زیادہ باتیں کرتی تھی۔ ملٹی سے زیادہ چالاک تھی۔ اس کی مُسکراہٹ میں جاذبیت تھی اور جس انداز سے وہ دو ٹوٹے ہوئے دانتوں کے بیچ سے زبان نکالتی تھی وہ اسے بے حد پسند تھا۔ دونوں کی شکلیں ایک دوسرے سے بہت ملتی جُلتی تھیں۔ دونوں کے انداز سے یہ ظاہر ہوتا تھا۔ کہ وہ ابھی نوعمر ہیں۔ ان کی شرارتیں۔ ہنسی۔ دبی دبی مُسکراہٹ اور کنکھیوں سے دیکھنا اکثر ان کی حرکتوں کو زیادہ جاذب نظر بناتا تھا۔ گوپال نے کار کو پوری رفتار سے چھوڑ دیا ___ اور سُریندر کٹی کے قریب سرک گیا۔ اس کی ٹانگیں کٹی کی برہنہ ٹانگوں سے چھو رہی تھیں۔ وہ ایک حسین خوبصورت لڑکی کی موجودگی کے احساس سے لطف اندوز ہو رہا تھا۔ اور وہ لڑکی بھی اس کی جمالیاتی حُسن پر پُوری اُترتی تھی۔ ہوا پھر اٹے بھرتی ہوئی گذر رہی تھی اور کٹی کے سیاہ بال ہوا میں لہرا رہے تھے۔ گوپال ملٹی سے ہنس ہنس کر باتیں کر رہا تھا۔ اور وہ ہنس ہنس کر باتیں کیوں نہ کرتا۔ اس کی زندگی میں یہ پہلا موقع تھا۔ جب کہ اسے ایک خوبصورت لڑکی کا قُرب حاصل ہوا تھا۔ اور یہ لڑکیاں بھی کتنی فراخ دل تھیں۔ ان کے ساتھ ریسٹورنٹ میں گئی تھیں۔ انھوں نے خود سیر پر جانے کے لئے کہا تھا۔ گو وہ خود شہر کے شور وغُل سے دور جانا چاہتے تھے۔ اب وہ شہر سے دور جا رہے تھے۔ مکانات پیچھے چھوٹ گئے تھے۔ اور اب ایک سُرمئی سڑک نظر آ رہی تھی۔ جس کے ساتھ سمندر کا گہرا نیلا پانی ٹکرا رہا تھا۔ سڑک بالکل ویران دکھائی دیتی تھی۔ گوپال نے کار کی رفتار کو کم کر دیا۔ اب ایک چھوٹا سا میدان آ گیا جہاں پر ناریل کے درخت استادہ تھے۔ گوپال نے کار کو ناریل کے درختوں کے قریب پارک کر دیا۔

قریب ہی جھونپڑی سے دو عورتیں نکلیں۔ اور ان کی طرف حسرت بھری نگاہوں سے دیکھنے لگیں۔ جیسے کہہ رہی ہوں۔ تُم کتنے خوش قسمت ہو۔ تمھارے پاس ایک کار بھی ہے تمھارے

چہرے سے صاف عیاں ہے کہ تم نے پیٹ بھر کے کھانا کھایا ہے۔ اور اِدھر ہم ہیں کہ صرف ناریل کا پانی پیتے ہیں۔ اور اَن گنت سمندر کی لہروں کو دیکھتے ہیں۔ اور زندگی بے جان اور بے کیف ہوتی جا رہی ہے۔ اور تم لوگ ہماری بالکل پرواہ نہیں کرتے۔"

گوپال اور سریندر نے ان عورتوں کو نظر انداز کر دیا۔ کیوں کہ ان کے پہلو میں اتنی جاذب نظر چیزیں تھیں کہ وہ دوسری طرف دیکھنا گناہ سمجھتے تھے۔ سُریندر نے کٹی کا ہاتھ اپنے ہاتھ میں لے لیا۔ اور کہنے لگا۔"

"تمھاری قسمت بتاؤں۔"؟

"ہاں بتاؤ—"

"تم زندگی میں کبھی شادی نہ کروگی۔"

کٹی نے ایک قہقہہ لگایا اور کہنے لگی— "بس اور کچھ نہیں۔"

" اور ہاں تمھارے دل کی لکیر یہ صاف بتاتی ہے کہ تم نہایت ہی اچھی لڑکی ہو لیکن—"

"لیکن کیا—"؟

"حالات کچھ ایسے ہیں۔ کہ تمھیں اس قسم کی شرارتیں کرنی پڑتی ہیں۔"

" اچھا یہ بتاؤ۔ کہ میرے کتنے بچے ہوں گے۔" کٹی نے دانتوں کے درمیان زبان ہلاتے ہوئے کہا۔

" ایک بھی نہیں۔"

" ہوں—"

"جی۔"

"اور پھر تم ایک شخص سے محبت کروگی۔ جو تم سے انتہائی محبت کرے گا۔"

کٹی نے ایک ہلکی سی چپت اس کے مُنہ پر لگائی— اور اپنا ہاتھ کھینچ لیا۔

اب سریندر نے ملی کا ہاتھ دیکھنا شروع کیا۔" دیکھو تمھارے ہاتھ سے صاف ظاہر ہے

کہ تم باتیں کم کرتی ہو اور مُسکراتی زیادہ ہو۔ اور جو کُچھ تمھارا دل کہتا ہے وہ تم نہیں کرتیں۔ بلکہ جو کچھ کٹی کہتی ہے وہ کرتی ہو۔ تُم زندگی میں تین شادیاں کروگی۔ اور تمھارے گیارہ بچے ہوں گے۔"

یہ سُن کر ملّی ہنس پڑی۔ اور کہنے لگی "شٹ اَپ۔"

گوپال نے ملّی کو گستاخانہ شروع کیا۔ لیکن ملّی نے اس سے صاف کہہ دیا کہ وہ اس قسم کی حرکتیں نہ کرے۔ چند لمحوں تک ناریل کے درختوں کے قریب ٹہلتے رہے۔ سُورج دور سمندر میں ڈوب رہا تھا اور ان کی خونی کرنیں سمندر کو سُرخ کر رہی تھیں۔ ناریل کے درخت آکاش کی طرف دیکھ رہے تھے۔ اور ہوا خوشی سے جُھومتی ہوئی آگے بڑھ رہی تھی۔ اور سُریندر کٹی کے قریب سے اپنے آپ کو محظوظ کر رہا تھا۔ زندگی کتنی دلکش ہے۔ اس نے سوچا۔ اگر ایک حسین عورت پہلو میں ہو تو جی چاہتا ہے کہ زندگی اس کے پہلو میں بیٹھ کر گزار دی جائے۔ کچھ عرصے کے بعد کٹی اس کے قریب سے اُٹھ کر گوپال کے پاس چلی گئی۔ سریندر سوچنے لگا کہ زندگی اتنی یاس انگیز نہیں، زندگی اتنی مصنوعی نہیں۔ اتنی بے کیف نہیں اور وہ ملّی کی طرف حیرت زدہ نگاہوں سے دیکھنے لگا۔ ملّی کی آنکھوں میں معصومیت کی جھلک تھی۔ اس کے لبوں کے کونوں پر ایک دلفریب مُسکراہٹ ناچ رہی تھی، بالکل اسی طرح جس طرح سورج کی الوداعی کرنیں سمندر کی سطح پر ناچ رہی تھیں۔

اتنے میں گوپال نے سُریندر سے پُوچھا۔

"تمھارے پاس کچھ روپے ہیں۔"؟

"کون مانگتا ہے؟

"کٹی۔"؟

"کتنے روپے۔"

"صرف دس روپے۔ وہ کہتی ہے کل واپس کردوں گی۔"

سُریندر نے دس روپے دیئے۔ اس کے پاس کُل پندرہ روپے تھے خیر کوئی بات نہیں اس نے سوچا۔ ابھی تک اس کی جیب میں پانچ روپے ہیں۔ اس کی نگاہوں میں لمحہ بھر کے

لئے مایوسی چھاگئی اسے ایسا محسوس ہوا جیسے موسم بہار میں خزاں کا جھونکا آیا ہو۔لیکن دوسرے لمحہ میں کٹی اس کے قریب کھڑی ہوگئی اور اس کی آنکھوں میں آنکھیں ڈال کر دیکھنے لگی ۔

کم بخت لڑکی کتنی حسین ہے۔ اس نے سوچا۔

" دیکھو جی ۔ اب دیر ہو رہی ہے ۔ ڈیڈی میرا انتظار کر رہا ہوگا " آج ماں ضرور پیٹے گی ۔"

دونوں ایک دوسرے کی طرف دیکھ کر مسکرانے لگیں۔ اور چپکے سے کار میں بیٹھ گئیں۔

کٹی نے سُریندر کی فیلٹ لے لی۔ اور اپنے سر پر رکھ لی۔ اور کہنے لگی "میں کیسی دکھائی دیتی ہوں "

"بہت ہی خوبصورت سُریندر نے مُسکرا کر کہا۔

اور وہ خوشی سے جھومنے لگی اور گوپال نے کار کی رفتار تیز کر دی۔

سُریندر نے اپنا ہاتھ کٹی کے زانوں پر رکھا۔ ایک لمحہ ہاتھ وہاں رہا۔ دوسرے لمحے میں کٹی نے اس کا ہاتھ جھٹک دیا۔ اور اس کی طرف قہر آلود نگاہوں سے دیکھنے لگی۔ وہ گھبرا کر ایک طرف سرک گیا۔

اب اندھیرا آہستہ آہستہ بڑھ رہا تھا۔ سڑک پر بجلی کے قمقمے روشن ہو چکے تھے۔ ہوا میں نمی اور ٹھنڈک زیادہ ہوتی جا رہی تھی ۔ اور فیکٹریوں کا دھواں گردو پیش چھایا ہوا تھا۔ وہ حیران تھا کہ کیا کرے ۔ کیا کہے ۔ نہ وہ آگے جا سکتا تھا نہ پیچھے ہٹ سکتا تھا یہ عجیب سی لڑکی ہے ۔ اس نے سوچا ۔ ہنستی ہے ۔ مُسکراتی ہے ۔ دوسروں کے ساتھ اکیلی سیر کرنے جاتی ہے ۔ ہوٹل میں کھانا کھاتی ہے لیکن جسم کو ہاتھ تک نہیں لگانے دیتی اس کی نگاہوں میں شرارت ہے۔ آنکھوں میں خمار ہے چال میں نزاکت ہے ۔ بالوں میں شباب کی خوشبو ہے۔ کتنی پیاری ہے یہ لڑکی کتنا دلفریب ہے ۔ اس کا حُسن ۔ کتنی تازگی اور لذت ہے اس کی آواز میں کتنی بے باکانہ ہے ۔ اس کی باتیں۔

اور وہ یہ سوچ رہا تھا کہ کار ایک جگہ پر آ کر رک گئی ۔

دونوں لڑکیاں کار سے اُتریں ۔

"اب کب ملوگی۔؟"

"جب کہو۔" کٹی نے فوراً جواب دیا۔"

"کل تین بجے کوئی فلم دیکھیں گے۔اسی جگہ پہ آنا۔"

دونوں نے سر ہلایا اور نظروں سے اوجھل ہوگئیں۔

اس رات سُر بندر بالکل نہ سو سکا۔ وہ سونے کی کوشش کرتا لیکن کٹی کی دلکش تصویر اس کی آنکھوں کے سامنے ناچنے لگتی۔ کٹی کی ہنسی اس کی مسکراہٹ۔اس کی باتیں بار بار اس کے کانوں سے ٹکراتیں۔ کٹی کے ملائم جسم پہ لمس بار بار اس کے ذہن میں تھرکتا۔ وہ اکیلا سو رہا تھا۔ چاروں طرف اندھیرا تھا۔ لیکن اس اندھیرے میں زندگی تھی۔ شباب تھا۔ ایک عجیب قسم کی خوشی کا احساس تھا۔ ایک لڑکی کے قرب نے اس کی سوئی ہوئی زندگی میں حرکت پیدا کر دی تھی۔ لڑکی حسین نہ ہوتی تو شاید سربندر چپکے سے سو جاتا۔ لیکن لڑکی کی جسمانی دلکشی اور اس کا شوخ حُسن اسے رہ رہ کر یاد کرتا۔ کٹی کی شرارتیں۔ اس کی مُسکراہٹ۔ اس کی باتیں۔اس کا مذاق۔ اس کی ہر حرکت اس کی آنکھوں کے سامنے بار بار آرہی تھی۔ اور وہ بستر پہ اکیلا تھا۔ چاروں طرف اندھیرا تھا اور وہ سوچ رہا تھا۔ اگر وہ لڑکی اس کے پاس ہوتی۔ تو آج وہ کتنا خوش ہوتا۔ اس سے زیادہ خوش ہوتا۔ وہ خوشی۔ وہ لذت۔ وہ انبساط۔ وہ راحت جس سے وہ آج تک محروم تھا۔ اسے ضرور ملتی وہ اس لڑکی کو کبھی نہیں بھول سکتا۔ یہ لڑکی اب اس کی ہو کر رہے گی۔ یہ لڑکی اب کسی اور کی نہیں ہو سکتی۔ اور اس کے ذہن میں بار بار یہ الفاظ گونجنے لگے" یہ لڑکی میری ہے۔ اگر دن بھر کی واردات میں اسے کسی بات کا افسوس تھا تو صرف دس روپوں کا اگر وہ امیر ہوتا تو دس روپے کیا۔ سو روپے تک دے دیتا۔ لیکن سُربندر کی آمدنی بہت قلیل تھی وہ جتنے روپے کماتا تھا اس سے صرف اس کے کھانے پینے یا مکان کے کرائے کا انتظام ہو سکتا تھا۔ اکثر مہینے کے آخر میں اُسے قرض لینا پڑتا تھا۔ یہ روپے جو اس کے پاس تھے اسے ہوٹل والے کو دینے تھے۔ اور ہاں کٹی تو اس سے دس روپے مانگ کر لے گئی ہے۔ وہ ضرور دس روپے واپس کر دے گی۔ خیر اگر وہ واپس نہ بھی کرے۔ تب بھی کوئی بات

نہیں ۔ دس روپوں کی حقیقت کیا ہے ۔ وہ آج سے جی لگا کر محنت کرے گا۔ خوب روپے کمائے گا۔ اور اگر کٹی نے اس سے روپے مانگے تو ضرور اسے اور روپے دے گا ۔ وہ کٹی کو کسی حالت میں بھی نہیں چھوڑ سکتا نہیں چھوڑ سکتا ۔ یہ سوچتے سوچتے اسے نیند آ گئی ۔

جب صبح ہوئی تو اس نے نئے بلیڈ سے حجامت کی ۔ ایک نیا سوٹ نکالا اور پہن کر گوپال کے گھر گیا۔ گوپال اس کا انتظار کر رہا تھا۔

"کیوں رات کیسی کٹی ۔ ؟ گوپال نے پوچھا ۔

" بالکل نیند نہیں آئی ۔"

" اور تم ۔ ؟

"سونے کی بہت کوشش کی مگر سو نہ سکا۔ لڑکیاں شریف گھرانے کی دکھائی دیتی ہیں ۔"

" میرا بھی یہی خیال ہے ۔"

"اب زندگی اچھی کٹ جائے گی ۔"

" میاں لطف آجائے گا ۔ لیکن یہ تو بتاؤ کل کتنا خرچ ہوا ــــ" ؟

"کُل بیس روپے خرچ ہوئے ۔"

" وہ کیسے ۔" ؟

" دس روپے کٹی کو دیئے ۔ دس روپے ہوٹل والے کو ـــــ اور دس روپے کا خرچ ہوا ۔ لیکن سُریندر مال خوب ہے ۔ خُدا کی قسم اس سے بہتر لڑکی ساری بمبئی میں نہیں مل سکتی ۔ دیکھو جب خُدا دیتا ہے تو چھپر پھاڑ کر دیتا ہے ۔ کٹی تمھاری ہے اور لمٹی میری ٹھیک ہے ۔"

"سولہ آنے درست ـــ"

" اور آج کا کیا پروگرام ہے" ؟

" فلم دیکھیں گے ۔"

سُریندر نے سر ہلایا۔

اور ہاں روپوں کا انتظام کر لینا ۔"

"کتنے روپوں کا انتظام کروں ؟"

"فلم دیکھیں گے ہوٹل میں کھانا کھائیں گے۔ خود ہی حساب لگا لو۔"

" دیکھو جی۔ اس میں شرم کی کوئی بات نہیں۔ آدھے پیسے تمھارے آدھے میرے ۔"

"اب تو ایسا ہی کرنا پڑے گا۔

"اچھا میں نہا لوں ۔"

اور اس طرح دو پہر ہو گئی۔ گوپال اور سریندر نے ہوٹل میں کھانا کھایا۔ اور خداداد سرکل پہنچ گئے۔

دونوں لڑکیاں وقت مقررہ پر پہنچ گئی تھیں۔ کج کٹی نے آسمانی رنگ کا فراک پہنا ہوا تھا۔ اور کم بخت ملٹی نے سیاہ رنگ کا فراک۔ سیاہ رنگ کا فراک اس کے سفید رنگ جسم پر خوب جچتا تھا۔ کٹی نے سریندر کو دیکھا۔ سریندر نے کار میں بیٹھنے کا اشارہ کیا۔ دونوں چپکے سے کار میں بیٹھ گئیں۔

"کہاں چلیں ۔" ؟

" جہاں تمھاری مرضی ۔" کٹی نے کہا

" پکچر دیکھو گی ۔" ؟

کٹی نے مسکرا کر سر ہلا دیا۔

اور وہ سب ایک پکچر ہاؤس میں پہنچ گئے چار ٹکٹ خرید لئے گئے پکچر شروع ہونے سے پہلے وہ کرسیوں پر بیٹھ گئے۔

"کوئی دیکھ نہ لے ۔۔ "کٹی نے کہا۔"

"کیا دیکھ لے گا ۔۔" ؟ سریندر نے کرخت لہجے میں کہا۔

"ارے یہ پارسی ۔"

"تو پھر کیا ہوگا"؟

"گر انھوں نے ہمیں تمھارے ساتھ باتیں کرتے یا ہنستے ہنساتے دیکھ لیا تو ہمارا سوشل بائیکاٹ کریں گے ہمیں اجازت نہیں ہے کہ کسی غیر پارسی کے ساتھ گلچھرے اُڑائیں۔

یہ سنتے ہی سریندر کچھ خاموش سا ہوگیا۔ جیسے چھاتی پر ایک سل رکھ دی گئی ہو۔ یہ ہندو مُسلم کی تفریق پارسی غیر پارسی کی تفریق۔ یہ ہندو کرسچین کی تفریق یہ کالے اور گورے کی تفریق۔ یہ یہودی غیر یہودی کی تفریق۔ کس طرح انسانیت کا خاتمہ کر رہی ہے۔ ہر نسل میں ایک زہر بھر رہی ہے اور انسانوں کی زندگیوں کو تلخ سے تلخ تر بنا رہی ہے۔ وہ یہ سوچ ہی رہا تھا کہ پکچر شروع ہوگئی۔ دراصل وہ پکچر دیکھنے نہ آیا تھا وہ صرف کٹی سے باتیں کرنا چاہتا تھا۔ اس کی مُسکراہٹوں سے محفوظ ہونا چاہتا تھا۔ اس کی شرارتوں سے لُطف اندوز ہونا چاہتا تھا۔ وہ چاہتا تھا کہ کٹی کو اپنی باہنوں میں بھینچ لے۔ اس کے جسم کو سر سے لے کر پاؤں تک چومے اس کی سپید سپید رانوں پر ہاتھ پھیرے۔ وقت گزر رہا تھا اور وہ سوچ رہا تھا۔ وہ ہچکچا رہا تھا کہ کیا کرے۔ کس طرح کہے۔ کہ وہ اسے چھونے کے لئے بے قرار ہو رہا ہے۔ اس نے اپنا ہاتھ چپکے سے اس کی ننگی ران پر رکھ دیا۔

کٹی نے اس کا ہاتھ جھٹک دیا۔

وہ ڈر گیا۔ کہیں کٹی اس سے ناراض نہ ہو جائے پھر وہ اس سے باتیں بھی نہ کر سکے گا۔

وہ خاموش ہوگیا۔ صرف ایک لمحے کے لئے ہاتھ پھر بڑھایا۔ کٹی نے اب کے ہاتھ پھر زور سے جھٹک دیا۔

وہ پھر خاموش ہوگیا۔

وقت گزر رہا تھا کہ پکچر جلد ہی ختم ہو جائے گی۔ یہ اندھیرا کب تک رہے — یہ میٹھا گداز اندھیرا۔ وہ کیا کرے۔ وہ کس طرح اپنی سسکتی ہوئی روح کو تسکین دے۔ وہ کس طرح اس اندھی خواہش کی تکمیل کرے۔ وہ کس طرح اس جنونی کیفیت کو ٹھنڈا کرے۔ وہ سوچ رہا تھا لیکن اس کے ذہن میں کچھ نہ آتا تھا۔

یکایک اسے شرارت سوجھی۔

"کٹی۔"؟

کٹی نے اس کی طرف دیکھا۔

"ذرا اِدھر جھُکو۔"

وہ ذرا جھُکی۔

"ذرا اور — میں تم سے کچھ کہنا چاہتا ہوں۔"

کٹی نے اپنا سر اس کے قریب اور جھکایا۔ اب کٹی کا چہرہ اس کے بالکل قریب تھا۔ اس نے چپکے سے اپنے کانپتے ہوئے ہونٹ اس کے گالوں پر رکھ دیئے۔

کٹی فوراً سرک گئی۔ اور زور کی چپت اس کے مُنہ پر ماری۔

سُریندر شرم سے پانی پانی ہوگیا۔ اسے اپنی اس بیہودہ حرکت پر بہت غصہ آیا۔ کٹی کوئی طوائف نہ تھی اس نے اس قسم کی حرکت کیوں کی۔ وہ ایک شریف گھرانے کی لڑکی تھی۔ وہ اسے صرف ایک دوست سمجھ کر اس کے ساتھ آئی تھی۔ واقعی اسے بات کرنے کی تمیز نہ تھی۔ یہ کہاں کی شرافت تھی۔ یہ کہاں کی تہذیب ہے۔ کہ ایک لڑکی کے ساتھ آپ سینما دیکھنے کے لئے آئیں اور اس کی مرضی کے بغیر آپ اس کا مُنہ چُوم لیں۔ یہ واقعی بیہودہ حرکت ہے۔ اسے اس قسم کی حرکت نہیں کرنی چاہئے تھی۔ وہ رنجیدہ سا ہوگیا۔ اور ایک طرف کو سرک گیا۔

کٹی نے اس کی طرف کنکھیوں سے دیکھا۔"

"ناراض ہوگئے۔"؟

وہ پھر خاموش ہوگیا۔

"اچھا اپنا چہرہ اِدھر کرو۔"

"ذرا اور......."

اب کٹی کے گال اس کے بالکل قریب تھے۔ کٹی کا گرم سانس اس کے لبوں کو چوم رہا تھا۔ اس

نے زور سے ایک پھونک ماری اور مسکرا پڑی اور کہنے لگی۔

"آئی لو یو"

"کیا تم مجھ سے محبت کرتے ہو"؟

اور سُریندر نے سر ہلا دیا۔

"تب تم مجھے چوم سکتے ہو۔"

اور سُریندر نے اپنے تپتے ہوئے ہونٹ کٹی کے نرم اور گرم گالوں پر رکھ دیئے۔ اس بوسے نے اس کے جسم میں ارتعاش پیدا کر دیا۔ اُس کے جسم میں خوشی کی ایک لہر دوڑ گئی۔ یکایک اس نے محسوس کیا کہ کٹی اچھی لڑکی ہے اور اس سے محبت کرتی ہے۔ وہ واقعی اس سے محبت کرتی ہے۔ سُریندر ہر شخص کو یہ بتانا چاہتا تھا کہ یہ لڑکی اس سے محبت کرتی ہے۔ کٹی واقعی اچھی لڑکی ہے۔ وہ اس سے پیار کرتی ہے۔ اب وہ دونوں اکٹھے رہیں گے۔ اگر اکٹھے نہ رہیں گے تو کم از کم ہر روز ملا کریں گے۔ کٹی صرف اچھی ہی نہیں۔ اچھی تو بہت سی لڑکیاں ہوتی ہیں وہ خوب صورت بھی ہے حسین بھی ہے۔ وہ باتیں کر سکتی ہے اور جب وہ دو ٹوٹے ہوئے دانتوں کے بیچ سے زبان کی نوک نکالتی ہے۔ تو اس وقت کتنی شوخ اور بے باک دکھائی دیتی ہے۔ آج وہ خوش تھا۔ اگر اس کے بس کی بات ہوتی۔ تو وہ کٹی کو ملکہ بنا دیتا۔ لیکن وہ خود قلاش تھا۔ وہ صرف محنت کر کے اپنا پیٹ پال سکتا تھا۔ یہی سوچتے سوچتے دو گھنٹے گزر گئے۔ لیکن اس دوران میں سُریندر پکچر نہ دیکھ سکا۔ اس کی نگاہیں کٹی کی طرف تھیں۔ اس کے ہاتھ کٹی کی طرف بار بار جاتے وہ کٹی کے ہاتھوں کو اپنے ہاتھوں میں لے لیتا۔ اور دبانے لگتا۔ کبھی وہ کٹی کے بالوں کو چھیڑنے لگتا۔ کبھی وہ کٹی کے کانوں کو پیار سے کھینچتا۔ اور اسی نوک جھونک میں فلم ختم ہو گئی۔ وہ کار میں بیٹھ کر ایک ہوٹل میں چلے گئے۔ گوپال کچھ رنجیدہ خاطر نظر آتا تھا۔ ایسا دکھائی دیتا تھا کہ ملی کا رویہ اس کے ساتھ اچھا نہیں رہا۔ کار میں بیٹھ کر گوپال نے سُریندر کو بتایا کہ ملی نے اسے ہاتھ تک نہیں لگانے دیا۔ ایک بار گوپال نے ملی کو چومنے کی کوشش کی لیکن ملی نے گوپال کی اس حرکت پر بہت بُرا بھلا کہا۔ سمجھ میں کچھ نہیں آتا۔ یہ لڑکیاں کس قسم کی ہیں۔ اور کیا چاہتی ہیں۔ کم بخت ہاتھ تک تو لگانے نہیں دیتیں۔ اور سُریندر نے دھیرے سے کہا۔

"میاں صبر کرو صبر۔"

اور پھر چاروں نے ہوٹل میں چائے پی اور ٹوسٹ کھائے۔ کٹی نے نہایت پیار سے سُریندر کو ٹوسٹ کھلائے وہ اس کی طرف دیکھ کر مُسکراتی رہی۔ کبھی کبھی اپنی چھوٹی سی پتلی زبان لبوں سے نکال کر سُریندر کو چڑاتی۔ کبھی چائے کا پیالہ چھین کر اسے چائے پلانے لگتی۔ اور کبھی یوں ہی ہنسنے لگتی۔ لمٹی اکثر خاموش رہتی۔ وہ کم باتیں کرتی۔ دراصل لمٹی پر کٹی کی شخصیت کا بہت اثر تھا لمٹی کو معلوم تھا کہ وہ کٹی سے زیادہ حسین نہیں ہے۔ زیادہ چالاک نہیں ہے۔ اگر لوگ لمٹی کو گوارا کرتے تھے۔ تو وہ محض کٹی کی وجہ سے لیکن گوپال لمٹی کو پاکر بھی خوش تھا۔ لمٹی اس کی طرف دیکھ کر مُسکراتی، ہنستی، لیکن اس ہنسی خوشی میں ایک طنز تھا۔ جیسے وہ گوپال کو پسند نہیں کرتی۔ جیسے وہ گوپال کو بدصُورت سمجھتی اور یہ بات گوپال کے لئے ناقابلِ برداشت تھی۔ زندگی میں بہت سی ایسی باتیں برداشت کرنی پڑتی ہیں جو انسان برداشت کرنا نہیں چاہتا لیکن وقت کی ضرورت ان باتوں کو سہنے پر مجبور کر دیتی ہے۔ چائے پینے کے بعد وہ سب کار میں بیٹھ گئے۔ آج ہوٹل کا بل ضرورت سے زیادہ تھا۔ سُریندر کی رہی سہی پونجی ہوٹل کی نذر ہوگئی۔ اور اس کی جیب بالکل خالی ہوگئی۔ اس خیال کے آتے ہی وہ کچھ اداس سا ہو گیا۔

کٹی نے اس کے مُنہ پر ہلکی سی چپت لگائی" اور کہنے لگی" تم کچھ اُداس نظر آتے ہو۔

"نہیں تو۔۔۔"

"اب کدھر کا ارادہ ہے"؟

تم کہاں جانا چاہتی ہو"؟

"ہم تو گھر جانا چاہتے ہیں۔ ڈیڈی اور ماما انتظار کر رہے ہوں گے۔

"ڈیڈی اور ماما" سُریندر نے یہ دو الفاظ پھر دُہرائے۔ ڈیڈی اور ماما۔ یہ دونوں عجیب ڈیڈی اور ماما ہیں ان کی لڑکیاں سر بازار غیروں کے ساتھ پھرتی ہیں۔ گھچھرے اُڑاتی ہیں۔ سیر کرتی ہیں۔ لیکن ان کی اماں ان سے کچھ نہیں کہتی۔ یہ عجیب قسم کے لوگ ہیں۔ خیر اسے ان

باتوں سے کیا تعلق؟۔

اتنے میں گوپال اس کے قریب آیا۔ اور کہنے لگا۔ "کٹی روپے مانگتی ہے۔"

"روپے کیسے"؟

"وہ مانگ رہی ہے۔"

"لیکن کس بات کے۔"؟

"مجھے کیا معلوم۔"

"میرے پاس تو ایک پھوٹی کوڑی بھی نہیں۔ جتنے روپے تھے ہوٹل والے کو دیدیئے۔"

"اور جو میرے پاس تھے سنیما میں خرچ ہو گئے۔ کم بخت عجیب لڑکی ہے۔ مجھے تو ملی ٹنے ہاتھ تک لگانے نہیں دیا۔ اور اس چکر میں تقریباً ستر۔ اسی روپے خرچ ہو گئے۔ مجھے تو کچھ ایسی ویسی لڑکیاں دکھائی دیتی ہیں۔

کٹی پھر قریب آئی۔ اور مسکرا کر گوپال سے روپے مانگنے لگی۔

"روپے نہیں ہیں۔" سُر بندر نے جواب دیا۔

"کیوں نہیں ہیں۔" کٹی نے غصّے میں آکر کہا۔

"اس وقت روپے نہیں ہیں۔ نہیں ہیں۔ کل ضرور دیں گے۔"

"مجھے آج ہی ضرورت ہے۔ اس وقت اگر خالی ہاتھ واپس جاؤں گی تو ڈیڈی کیا کہے گا ماما کیا کہے گی۔"

"اگر جیب میں روپے نہ ہوں تو کہاں سے لاکر دوں۔"

"تو پھر تم ہمیں یہاں لائے کیوں تھے۔؟"

"تم اپنی مرضی سے آئی تھیں۔ ہم زبردستی پکڑ کر نہیں لائے تھے۔"؟

"زبردستی۔" کٹی نے شرربار نگاہوں سے سُریندر کی طرف دیکھا اس کے چہرے کے نقوش خلط ملط ہو گئے تھے۔ اس کے خوبصورت ہونٹ بالکل سکڑ گئے۔ چہرے کی ملائمیت جاتی رہی

آنکھوں کی شوخی، شرارت بالکل مفقود ہوگئی۔ اب وہ بالکل فارس روڈ کی رنڈی دکھائی دیتی تھی۔

"اگر روپے نہیں دو گے تو میں شور مچاؤں گی۔ میں اُن لوگوں کو بتاؤں گی۔ کہ ان لوگوں نے ہمارے ساتھ بُرا کام کیا۔ اور اب یہ لوگ ہمیں روپے نہیں دیتے۔"

"روپے نہیں ہیں —" سُربندر نے ڈرتے ڈرتے کہا۔

"تمھیں دینے پڑیں گے۔" کٹی نے چیخ کر کہا۔"

"کس بات کے روپے؟ آخر کوئی وجہ بھی ہو۔"

"تم نے آج کا دن ضائع کیا۔ ہمیں کیا معلوم تھا کہ تم غنڈے ہو۔" کٹی نے چمک کر کہا۔

غُنڈے کا لفظ سُنتے ہی۔ سریندر کا ہونٹ دانتوں کے نیچے آکر کٹ گیا۔ یکایک سُریندر کے دماغ میں خیال آیا۔ اگر اس لڑکی نے ایک لفظ اور نکالا۔ تو وہ اس کو جان سے مار دے گا۔ حرافہ کہیں کی......اس لڑکی میں کتنا زہر ہے۔ ناگن کی طرح ڈنک مارتی ہے۔

سُریندر کی آنکھوں میں خُون اُتر آیا۔ کٹی موقع کی نزاکت کو بھانپ گئی اور گالیاں بکتی ہوئی آگے نکل گئی۔

☆

کٹی کے چلے جانے کے بعد سُریندر کو احساس ہوا۔ کہ اس کے ہرے بھرے کھیت میں آگ لگ گئی نیا نیا محل آن واحد میں گر پڑا لیکن سریندر کا خون کھول رہا تھا۔ وہ کچھ سوچنا چاہتا تھا لیکن اس کی سمجھ میں کچھ نہ آتا تھا وہ کٹی کے روپے کا جواز چاہتا تھا۔ کٹی نے اس طرح کیوں "BEHAVE —" کیا وہ کٹی کی اس شخصیت سے بالکل بے خبر تھا وہ کبھی خیال بھی نہ کر سکتا تھا۔ کہ لڑکی اتنی بے غیرت ہو سکتی ہے۔ گلاب کی کلی میں اتنا زہر ہو سکتا ہے۔ وہ اب تک صرف اس کٹی کو جانتا تھا۔ جو ہنستی تھی مُسکراتی تھی۔ خوبصورت تھی۔ جس کے ریشمی بال تھے۔ جس کا جسم متناسب تھا جس کی آنکھوں میں شرارت تھی جس کی چال میں شباب تھا۔ جس کی آواز میں شہد جیسی مٹھاس تھی۔ لیکن آج کی کٹی بالکل مختلف تھی۔ ایسا معلوم ہوتا تھا کہ وہ ایک فارس روڈ کی رنڈی ہے۔ اس کی باتوں میں زہر تھا۔ بچھو کا ڈنک تھا۔ آنکھوں سے وحشت ٹپکتی تھی

اس کے لب اکڑ گئے تھے۔ چہرے پر کرختگی کے آثار تھے اس شہد میں کتنی کڑواہٹ تھی۔ اس حُسن میں کتنی گندگی تھی اُس آواز میں کتنی تلخی تھی۔ اس جسم میں کتنی بو تھی۔ یہ سب کچھ کیوں ہوا۔ وہ کیوں آن واحد میں بدل گئی اور اس سے پہلے جو کچھ کٹی نے کہا تھا۔ ایک سلیقہ تھا۔ ایک ترتیب تھی۔ ایک تسلسل تھا۔

اتنے میں کار گھر کے قریب رُکی۔

بہت ہی چالاک تھیں یہ لڑکیاں۔ گوپال نے شکست خوردہ آواز میں کہا۔

"مجھے تو اس قسم کے سلوک کی ہرگز توقع نہ تھی۔ سُریندر نے سر کو نیچا کر کے کہا۔

"بھائی سچ بات تو یہ ہے کہ میں تو ان سے ملنے سے رہا۔ ایک تو روپے ضائع کروں اور پھر گالیاں کھاؤں۔ آج سے میں ان کے ساتھ گھومنے نہیں جاؤں گا۔ اچھا خدا حافظ۔"

سُریندر نے ہیٹ اُٹھایا اور چل دیا۔

☆

سُریندر رات بھر نہ سو سکا۔ اسے رہ رہ کر اپنے آپ پر غصّہ آ رہا تھا۔ وہ چاہتا تھا کہ دوبارہ اُن سے کبھی نہ ملے۔ واقعی ان لڑکیوں سے کبھی نہیں ملنا چاہیئے۔ ان لڑکیوں نے اس کی بے عزتی کی ہے۔ اس کے مُنھ پر تھوکا ہے۔ اسے اُلو بنانے کی کوشش کی ہے۔ بلکہ اُلو بنایا ہے۔ اسے اُن لڑکیوں سے کبھی نہیں ملنا چاہیئے۔ لیکن دل کے دوسرے کونے سے ایک اور ہی آواز آ رہی تھی ایک اور ہی تصویر اُبھر رہی تھی۔ اُس کے نقوش سُریندر کے دل کی سطح پر بہت گہرے پڑ گئے تھے۔ وہ نقش تھے کٹی کے۔ اس خوبصورت لڑکی کے جو اس کی طرف دیکھ کر مُسکراتی تھی۔ جس نے اس کے گالوں کو ہلکی سی چپت لگائی تھی۔ جس نے سینما ہال میں بیٹھ کر کہا تھا:"

آئی لو یو ــــ جو اکثر چھوٹی سی پتلی زبان دانتوں کے درمیان سے نکال کر اسے چڑاتی تھی۔ یہ تصویر رہ رہ کر اسے یاد دلاتی تھی سُریندر جذباتی تھا۔ گوپال سے زیادہ ذہین اور حساس تھا۔ شاید اسے عورت کے قرب کی زیادہ ضرورت تھی۔ شاید اسے کٹی سے عشق ہو گیا تھا۔ عشق ــــ وہ ہنسنے لگا۔ جی ہاں۔ کتنا فرسودہ لفظ ہے۔ اب تو بالکل بے جان ہو کر رہ گیا ہے اس مشینی دور میں عشق کرنا مذاق اُڑانا ہے۔

نہیں بھائی عشق نہیں تھا۔ بلکہ وہ لڑکی کا جسم چاہتا تھا۔ عجیب سی بات ہے۔ نہایت صاف سی بات ہے۔ جی ہاں سریندر کو کٹی سے عشق ہوگیا تھا۔ وہ چاہتا تھا کہ وہ کٹی کے قریب رہے اس سے باتیں کرے اس سے مذاق کرے اور وہ مذاق کرتی رہے اور کہتی رہے آئی لو یو — آئی لو یو — آئی لو یو — نہیں وہ کٹی کو نہیں جانے دے گا وہ اسے اوجھل نہیں ہونے دے گا۔ کٹی اس کی روح ہے۔ اس کی خوشی ہے وہ کٹی کو پکڑ سکتا ہے۔ اُسے اپنے پاس رکھ سکتا ہے۔ لیکن کس طرح — اس نے سوچنا چاہا — اور بار بار یہی جواب ملا۔ کہ وہ قلاش ہے۔ غریب ہے۔ وہ ہر روز بیس یا تیس روپے کٹی پر خرچ نہیں کر سکتا۔ لیکن وہ کٹی کو چاہتا ہے۔ وہ روپے ضرور حاصل کرے گا۔ وہ لوگوں سے مانگے گا۔ دوستوں کے آگے ہاتھ پھیلائے گا۔ وہ دن رات کام کرے گا۔ وہ ہر مالدار آدمی کے آگے ناک رگڑے گا۔ اور اگر کہیں سے روپے نہ کما سکا تو وہ چوری کرے گا۔ ڈاکہ ڈالے گا — لیکن کٹی کو ہاتھ سے نہیں جانے دے گا۔ نہیں جانے دے گا۔

٭

جب صبح اٹھا — تو دل کا غبار کچھ ہلکا پڑ گیا تھا۔ عشق کی جگہ کچھ کچھ خودداری نے لے لی تھی۔ اور اس کے دل میں یہ خیال آ رہا تھا۔ کہ اُسے دوبارہ کٹی سے نہیں ملنا چاہئے۔ اور وہ مل بھی نہیں سکتا اس کے پاس روپے نہیں ہیں وہ چوری نہیں کرے گا لیکن وہ دوستوں سے روپے ضرور مانگے گا۔ وہ زیادہ کام کر سکتا ہے۔ اور اس طرح وہ کافی روپے کما سکے گا۔ لیکن اب کٹی اس سے بات نہیں کرے گی۔ بھلا وہ کیوں اس سے ملے گی۔ وہ اس سے بالکل ناراض ہوگئی ہے۔ یہ سوچتے سوچتے وہ خداداد سرکل کی طرف روانہ ہوگیا۔

اس دن وہ خداداد سرکل میں نہ آئیں۔ وہ ہر روز اس سرکل کے قریب جاتا۔ لیکن مایوس واپس لوٹتا — کمرے میں بیٹھ کر اپنے آپ کو کوسنے لگتا۔ اور خاص کر اس ماحول کو جس میں وہ رہتا تھا۔ کاش اس کے پاس روپے ہوتے — یا کوئی ایسا کام کر سکتا۔ جس سے اس کے جیب میں سو سو کے نوٹ ہوتے۔ وہ نوٹ لے کر کٹی کے پاس جاتا اور اس کے مُنہ پہ مارتا اور کہتا — ،،یہ لو نوٹ۔

اگر تمھیں ان سے محبت ہے تو یہ لو ——— ایک نہیں دس نوٹ ۔ دس نہیں سو سو کے نوٹ ۔ ان کو لے جاؤ اور اپنے ڈیڈی اور ممی کو دو ۔ اور اس کے بعد کبھی مجھ سے نہ ملنا ۔" یہ سوچتے سوچتے اسے اپنے آپ پر غصہ آجاتا ۔ اس سسٹم پر غصہ آجاتا ۔ اس زندگی پر غصہ آجاتا ۔ ان نامراد لڑکیوں پر غصہ آجاتا ۔ اور اس طرح وہ اپنی زندگی میں زہر بھرتا رہا ۔ آخر وہ اور کر بھی کیا سکتا تھا ۔ کبھی کبھی اپنے آپ کو گالی بھی دینے لگتا ۔ الّو کمبخت تو کٹی کو دس روپے نہ دے سکا ۔ شاید اس کے ڈیڈی ماما کو ضرورت ہو ۔ اگر وہ کسی دوست سے مانگ کر اسے روپے دیدیتا ۔ تو کٹی اس سے کبھی ناراض نہ ہوتی ۔ خیر کوئی بات نہیں وہ ضرور اسے منائے گا ۔ اور اسے روپے دے گا ۔ اور بہت سے روپے دے گا ۔

ایک دن کٹی اُسے خداداد سرکل میں مل گئی ۔

کٹی نے اس کی طرف دیکھا ۔

سُریندر نے کٹی کو دیکھا ۔

کٹی مُسکرا پڑی ۔ اور اس نے اپنی زبان دو لوٹے ہوئے دانتوں کے درمیان سے نکالی اور پھر کھکھلا کر ہنس پڑی ۔

"ہیلو ———"

"ہیلو ———"

کٹی ۔ ملٹی اور وہ ایک ہوٹل میں چلے گئے ۔ اس دوران میں وہ گزری ہوئی باتیں بھول گئے ۔ اب زندگی پھر خوشگوار ہو رہی تھی ۔ اب پھر اس زندگی میں آگ تھی ۔ لبوں پر پھر مُسکراہٹ تھی ۔ وہ تینوں پھر گرم چائے پی رہے تھے ۔ اور زندگی خوشگوار ہو رہی تھی ۔ ملٹی نے گوپال کے متعلق پُوچھا ۔ اور سُریندر نے یہ کہہ کر ٹال دیا کہ وہ کئی دنوں سے گوپال سے نہیں ملا ۔

سُریندر نے ہوٹل کا بل ادا کیا ——— اور ملٹی نے اس سے پکچر دکھانے کے لئے کہا ۔

اور وہ مان گیا ۔

پکچر شروع ہو گئی ۔

کی اس کے پاس بیٹھی ہوئی تھی۔ وہ کی جس کی تلاش میں نیند حرام ہو چکی تھی۔ جس کی یاد میں وہ اکثر رو چکا تھا۔ جس کو پانے کے لئے وہ چوری تک کرنے کو تیار تھا۔ جس کو حاصل کرنے کے لئے وہ دوستوں کے سامنے ہاتھ پھیلانے کو تیار تھا۔ جس کے لئے وہ مالدار آدمیوں کے سامنے اپنا دامن تک بیچنے کے لئے تیار تھا۔ وہ آج اس کے ساتھ بیٹھی ہوئی تھی۔ کی نے فراک پہنا ہوا تھا۔ کی اسی طرح ہنس رہی تھی، کھیل رہی تھی مسکرا رہی تھی۔ اس کے ہاتھ کو دبا رہی تھی۔ اس کا گرم سانس اس کے گالوں سے مس ہو رہا تھا۔ وہ خوش تھا۔ آج وہ بیحد خوش تھا۔ ایک عرصہ کے بعد کی اسے مل گئی تھی۔ وہ کی کو پالے گا۔ وہ کی سے شادی کرے گا۔ وہ کی کو کبھی نہیں چھوڑ سکتا۔ کی صرف اس کی ہے۔ صرف اس کی ہے۔ وہ کی کو بہت روپے دے گا وہ دن رات محنت کرے گا۔ کی خوبصورت ہے۔ بہت ہی خوبصورت ہے۔ کی جوان ہے۔ بہت ہی جوان ہے۔ وہ کی کو راہِ راست پر لے آئے گا۔ اگر کی میں کچھ خامیاں ہیں تو وہ انھیں دور کرنے میں کی کی مدد کرے گا۔ کی کو آج تک کوئی اچھا انسان نہیں ملا۔ اُسے شریفوں کی محفل میں بیٹھنے کا موقع نہیں ملا۔ اس لئے اس کی شخصیت دو حصوں میں بٹ گئی ہے۔ اسی لئے اس کی تصویر کے دو رُخ ہیں۔ اگر ایک رُخ اچھا ہے تو دوسرا بہت ہی بُرا ہے۔ اگر ایک سے پیار ہے۔ تو دوسرے سے نفرت۔ وہ اچھے رُخ کو اُبھارے گا۔ وہ کی کی زندگی کو بہتر بنائے گا۔ وہ کی کو بتائے گا کہ تمھاری ایک اچھی شخصیت بھی ہے۔ اس شخصیت سے کی بیگانہ ہے۔ اسے شخصیت کا کچھ علم نہیں۔ خیر اسے اس وقت کچھ نہیں سوچنا چاہیئے۔ آہستہ آہستہ کی کا ہاتھ اس کے سینے کی طرف بڑھ رہا تھا۔

وہ کیا چاہتی ہے۔

کی کا ہاتھ شربندر کے کوٹ کی اندرونی جیب میں چلا گیا۔

کی نے اس کا بٹوہ نکال لیا۔

وہ خاموش رہا۔

کی نے بٹوہ میں سے روپے نکال لئے۔

اور وہ خاموش ہوگیا۔

کٹی نے سب نوٹ اپنی جیب میں رکھ لئے۔

وہ بالکل خاموش ہوگیا۔

کٹی نے پینچ بھی اپنی جیب میں رکھ لیا۔وہ خاموش بیٹھا رہا۔

کٹی نے خالی بٹوہ اس کی جیب میں رکھ دیا۔

اور وہ خاموش بیٹھا رہا۔اس نے کچھ نہیں کہا۔پکچر ختم ہوگئی اور وہ اُٹھ کھڑے ہوئے۔ کٹی نے اجازت مانگی اور اس نے سر ہلا دیا۔اور وہ دونوں اس کی نگاہوں سے اوجھل ہوگئیں۔

٭

اس کے بٹوے میں تین روپے اور کچھ آنے تھے۔وہ سب کٹی نے نکال لئے۔اس کے پاس بس کے لئے کرایہ بھی نہ تھا اور وہ سڑک پر پیدل چلتا رہا۔اس کے قریب سے لوگ گزر رہے تھے۔ لیکن اسے کسی کی موجودگی کا احساس نہ تھا۔وہ صرف آج کے حادثہ پر غور کر رہا تھا۔وہ سوچ رہا تھا کہ ایسا کیوں ہوتا ہے۔وہ سوچ رہا تھا کہ اچھی بھلی لڑکیاں آن واحد میں کس طرح طوائف کا روپ دھارن کر لیتی ہیں۔وہ سوچ رہا تھا۔اور لوگ چلے جا رہے تھے۔آگے بڑھ رہے تھے۔پیچھے ہٹ رہے تھے۔وہ سوچ رہا تھا لیکن زندگی افسردہ اور بے کیف ہوتی جا رہی تھی۔وہ سوچ رہا تھا اور کٹی دور جا چکی تھی۔اور سوچ رہا تھا۔اور یکایک اسے محسوس ہوا کہ وہ کٹی جس سے اُسے محبت تھی مر چکی ہے۔صرف ایک طوائف اس کے سامنے ہاتھ پھیلائے اپنے جسم کی قیمت مانگ رہی ہے۔ اس کی آنکھوں میں آنسو آگئے۔اور وہ آگے بڑھتا گیا۔

ڈیڑھ روپیہ

جس عمارت کا میں ذکر کر رہا ہوں وہ ظاہری طور پر بڑی باوقار، سنجیدہ اور بارعب دکھائی دیتی ہے لیکن اندر سے بڑی گندی اور غلیظ ہے۔ مجھے یہاں رہتے ہوئے کافی عرصہ ہو گیا ہے اس لیے میں اس کے حدود اربعہ سے اچھی طرح واقف ہوں گراؤنڈ فلور میں دن کو بھی اندھیرا رہتا ہے۔ یہاں سورج کبھی نہیں چڑھتا۔ ایسا معلوم ہوتا ہے کہ جیسے ایک مسلسل رات ہے۔ جو دن رات چھائی رہتی ہے۔

گراؤنڈ فلور کو مختلف کمروں میں تقسیم کیا گیا ہے۔ کمروں کے باہر غلاظت کے ڈھیر لگے رہتے ہیں اور لوگ ان کی غلاظت کے قریب چارپائیاں بچھا کر سوتے ہیں۔ کوئی دن کو سوتا ہے اور رات بھر کام کرتا ہے اور کوئی رات بھر سوتا ہے۔ اور دن بھر کام کرتا ہے۔ بہرحال چارپائیاں اپنی جگہ پر بچھی رہتی ہیں اور لوگ مزے سے ان پر سوتے ہیں اور خراٹے لیتے ہیں۔ گراؤنڈ فلور میں رہنے والوں کی اکثریت نچلے طبقے کی ہے۔ اور مجھے اس قسم کے لوگوں سے سخت نفرت ہے اپنے خاصے کشادہ کمروں کو انھوں نے گندی چالوں میں تبدیل کر دیا ہے۔ ایک ایک کمرے میں تین تین خاندان رہتے ہیں۔ وہیں سوتے ہیں روتے ہیں ہنستے ہیں۔ شادیاں کرتے ہیں اور پھر ہر سال بچوں کی تعداد میں اضافہ بھی کرتے ہیں۔ یہ بچے ننگ دھڑنگ اپنے کمروں کے دروازوں سے باہر عین سڑک کے بیچ دن بھر کھیلتے ہیں اور آنے جانے والی موٹروں کو دعوت دیتے ہیں کہ وہ ان کی ایک آدھ ٹانگ یا ہاتھ کچل

دیں تاکہ باقی عمر بھی چین اور آرام سے نہ کٹ سکے۔

میں اس عمارت کے پہلے فلور پر رہتا ہوں۔ یہ فلور گراؤنڈ سے کافی صاف ستھرا ہے۔ ایک کمرے میں صرف ایک پریوار رہتا ہے عورتیں مرد اور بچے مقابلتہً صاف اور اُجلے کپڑے پہنتے ہیں اندر کی دیواریں کافی ستھری ہیں اور پلستر سے کافی آراستہ نظر آتی ہیں۔ لیکن کمروں کے باہر کی دیواریں کافی گندی اور غلیظ ہیں لوگ اپنے اپنے کمروں میں سوتے ہیں۔ دن کو بھی رات کو بھی۔

دوسرے فلور کے لوگ پہلے فلور۔ اور گروند فلور کے رہنے والوں سے زیادہ خوشحال اور فارغ البال نظر آتے ہیں۔ گو کمروں کی لمبائی چوڑائی میں کوئی فرق نہیں۔ لیکن صفائی اور رکھ رکھاؤ اور رہنے سہنے کے طریقوں نے انھیں الگ حیثیت بخش دی ہے۔ سکنڈر فلور کلاس میں رہنے والوں کی لڑکیاں اسکول اور کالجوں میں پڑھتی ہیں۔ بھڑکیلی ساڑیاں اور رنگین فراک پہنتی ہیں۔ چہروں پر شگفتگی اور شادابی ہے اور کافی سمارٹ اور صحت مند نظر آتی ہیں بلڈنگ کے پھیلے ہوئے اندھیرے میں اجالے کا کام دیتی ہیں۔ جیسا کہ میں نے پہلے عرض کیا۔ مجھے افلاس کے مارے ہوئے لوگوں سے سخت نفرت ہے۔ ان کے ساتھ رہ کر بڑی ذہنی کوفت ہوتی ہے۔ میرے دوست رام دیال جو مزدوروں کے لیڈر ہیں اور انقلابی بھی ہیں وہ اکثر کہا کرتے ہیں کہ مزدوروں کی اگوائی میں ایک نیا ہندوستان جنم لے گا۔ میں اس گرونڈ فلور کے رہنے والوں کی طرف اشارہ کرکے بتانے کی کوشش کرتا ہوں کہ بھئی یہ ترے نیتا ہیں پہلے ان کی طرف دیکھ لو۔ پھر انقلاب کی بات کرنا۔ وہ اکثر میری بات سُن کر ہنس دیتے ہیں اور یہ کہتے ہیں میاں تُم بورژوا ہو بورژوا تمھارے دل میں عام آدمیوں کے لئے نفرت کے سوا کچھ نہیں۔" دراصل یہ نفرت میرے دل میں یوں ہی جاگزیں نہ ہوئی تھی اس کی بنیاد بڑی پکی اور پائیدار ہے میں قصّے کو لمبا کرنا نہیں چاہتا۔ اس لئے یہی عرض کرنا چاہتا ہوں کہ میں نے ایک نوکر کو بچپن سے لے کر جوانی تک پالا۔ اور ایک دن میں نے اسے ڈھائی سو روپے کا چیک کیش کرانے کے لئے بینک میں بھیجا مگر اس دن کے بعد سے وہ کبھی واپس نہ آیا۔ میں اس سے صرف یہ پوچھنا چاہتا تھا کہ بھئی میں نے تم سے کیا بدسلوکی کی تھی جس کے عوض تم نے مجھے یہ سزا دی تم نے

میری شرافت اور انسانیت کا یہی صلہ دیا؟

اس نوکر کے رفو چکر ہونے کے بعد میں نے ایک اور بچے کو نوکر رکھا جس کی عمر آٹھ سال سے زائد نہ تھی۔ چھ سال رہنے کے بعد اب اس نے اپنی خاصی صحت بنالی۔ تو ایک دن مجھ سے کہنے لگا میں آپ کی نوکری نہیں کروں گا۔ آج بی بی جی نے میری بے عزتی کی ہے۔ میں بازار جاکر چوڑیوں کا دھندہ کرلوں گا۔ محنت مزدوری کرلوں گا۔ دیسی شراب کا بیوپار کرلوں گا لیکن آپ کی نوکری نہیں کرونگا۔ یہ کہہ کر وہ میرے گھر سے باہر نکل گیا۔

ویسے بھی مجھے غریب، مفلوک الحال اور قلاش آدمیوں سے ایک چڑ سی ہے۔ جب کوئی انسان میرے پاس آکے چند روپوں کے لئے گڑگڑاتا ہے۔ اور اپنی بھوک بے بسی و بے روزگاری کا رونا روتا ہے تو مجھے بے حد مسرت ہوتی ہے۔ میں اسے اس حالت میں دیکھ کر کتنا خوش ہوتا ہوں اس کا آپ اندازہ نہیں کرسکتے دل ہی دل میں کہتا ہوں۔ اور انقلاب لاؤ۔ یہ لوگ دوسروں کے آگے ہاتھ پھیلاتے ہی رہیں گے تو اچھی بات ہے۔

اس بلڈنگ میں بڑے دلچسپ لوگ آتے ہیں۔ ایک صاحب مہینے میں صرف ایک بار آتے ہیں وہ مالک مکان کے منشی ہیں اور کرایہ داروں سے صرف کرایہ وصول کرتے ہیں۔ آتے ہی کنڈی اس زور سے کھٹ کھٹائیں گے جیسے کہیں آگ لگ گئی ہو۔ کچھ بھی کہیئے کرایہ وصول کئے بغیر واپس جائیں گے۔

اس منشی کے علاوہ اس عمارت میں بھنگی کا کام دو نوجوان چھوکرے کرتے ہیں۔ ان کے ساتھ ان کی بوڑھی ماں بھی آتی۔ دونوں لڑکے تقریباً ہر روز مجھ سے ایک یا دو آنے چائے پینے کے لئے مانگ کرلے جاتے۔ وہ نہایت ہی مسکین صورت بنائے ہوئے میرے سامنے آتے جھجھک اور شرم سے لبادے کو اوڑھ کر وہ مجھ سے مخاطب ہوتے یہ بچے ہمیشہ ڈرے ڈرے اور سہمے سہمے سے رہتے میں ان کے پھٹے ہوئے کپڑوں اور ان کے میلے اور گندے چہروں۔ اور ان کے ننگے پاؤں کو دیکھ کر حقارت سے منہ موڑ لیتا۔ ان کی میلی کچیلی ہتھیلیوں پر جو متواتر جھاڑو دینے سے کافی کھردری ہوگئیں تھیں۔ از راہ کرم ایک دو آنے رکھدیتا۔ ان لوگوں کا یہی حشر ہونا چاہیے۔

میں زیرلب کہتا۔

دراصل میں ان لوگوں میں سے ہوں۔ جو دوسروں کو اچھی حالت میں دیکھنا پسند نہیں کرتے ہیں۔ میں خود ایک پُرسکون، خوش حال زندگی بسر کرنا چاہتا ہوں۔ لیکن دوسروں کو محنت مزدوری کرتے دیکھ کر مجھے بیحد مسرت ہوتی ہے، میں ہمیشہ یہ چاہتا ہوں کہ یہ لوگ میرے دست نگر رہیں۔ یہ لوگ میرے آگے ہاتھ پھیلائیں۔ گڑگڑائیں۔ ناک رگڑیں اپنے غم والم کا قصہ سُنائیں اور میں اُن پر ترس کھا کر ان کی مدد کرتا رہوں۔

کچھ دن اسی طرح گزر گئے۔ ایک دن یہ معلوم ہوا کہ ان دو بھنگیوں کی جگہ ایک نیا بھنگی مامور کیا گیا ہے۔ دراصل بھنگی اور سفیر کبھی ایک جگہ نہیں رہتے۔ اکثر اپنی جگہیں بدلتے رہتے ہیں ابھی تک میں نے اس نئے بھنگی کو نہیں دیکھا تھا ایک دن میرا بھی اس نئے بھنگی سے آمنا سامنا ہو گیا۔ وہ واقعی عجوبہ تھا۔ گو اس کا قد لامبا اور رنگ کالی مٹی کی طرح سیاہ تھا۔ جسم دُبلا پتلا۔ متفکر چہرہ جیسے کسی معلم کا ہوتا ہے۔ آنکھیں اندر کو دھنسی ہوئیں۔ پلکیں آپس میں چپکی ہوئیں اور چہرے پر ایک عجیب وحشت طاری تھی اس ملاقات کے بعد جب کبھی میں نے اسے دیکھا ہمیشہ کام کرتے ہوئے نظر آیا۔ یہ واقعی حیرت کا مقام تھا۔ بھنگی اور اپنے کام کا اتنا پابند اور پھر اتنا سنجیدہ۔ ایک دن اچانک میری نگاہ اس کے پاؤں پر چلی گئی۔

بڑے بھدے اور بے ڈھنگے پاؤں تھے پاؤں کا انگوٹھا راس کماری کی طرح آگے بڑھا ہوا تھا۔ باقی اُنگلیاں بھی ٹیڑھی میڑھی۔ اتنے لمبے اور بے ڈول پاؤں میں نے اپنی عمر میں بہت کم دیکھے تھے جو لوگ جسمانی محنت زیادہ کرتے ہیں ان کے ہاتھ اور پاؤں اکثر بے ڈول اور بے ڈھنگے ہوتے ہیں۔ انسان تو ان سے انتقام لیتا ہی ہے مگر قدرت بھی ان سے انتقام لینے میں باز نہیں آتی۔

پہلی ہی ملاقات میں مجھے اس بھنگی سے نفرت سی ہو گئی۔ ویسے عام آدمیوں سے نفرت میرا ذاتی مشغلہ ہے اور یہی نفرت میری اُنا کو اُبھارتی ہے۔ میرے لئے بھنگی کا توہین آمیز رویہ ناقابل برداشت تھا یعنی جب کبھی میں اس کے پاس سے گذرتا وہ میری طرف آنکھ اُٹھا کے بھی نہ دیکھتا۔ نہ کبھی سلام کرتا۔ نہ نگاہ سے نگاہ ملاتا۔ نہ آداب بجالاتا۔ عجیب چُغد ہے۔ تعظیم و تکریم جس پر میرا آبائی حق ہے۔ اسے بھی نظرانداز کر رہا ہے۔ میری

باوقار شخصیت سے بالکل بیگانہ تھا۔ نہ جانے اپنے آپ کو کیا سمجھتا ہے۔ دو کوڑی کا بھنگی اور اکڑفوں۔ اتنی۔

سچ ہے نیچ ذات کے لوگوں کو سر پر نہیں چڑھانا چاہئے۔ خیر غریب انسان ہے۔ کہاں جائے گا۔ بکرے کی ماں کب تک خیر منائے گی۔ کبھی نہ کبھی یہ میرے آگے ہاتھ پھیلائے گا جب گھر میں بھوک بڑھے گی تب! لیکن صاحب اسے کام کرتے ہوئے ایک سال گزر گیا۔ ہولی آئی وہ بھنگی میرے پاس نہ آیا۔ پھر عید آئی جب بھی وہ بھنگی میرے قریب نہ آیا۔ اور اسی طرح دسہرہ۔ دیوالی۔ کرسمس آئی اور چلی گئی لیکن اس دو ٹکے کے بھنگی نے میرے آگے کبھی ہاتھ نہ پھیلائے۔ میرے ہی آگے کیا۔ بلڈنگ کے کسی آدمی کے آگے اس نے دستِ سوال دراز نہ کیا۔ ایسا سرپھرا بھنگی میں نے کبھی نہ دیکھا تھا۔ ضرور کوئی انقلابی ہوگا۔ میں نے سوچا۔

اس کی بے جا اکڑفوں خودسری۔ خود اعتمادی۔ اور نامعقول انا کو دیکھ کر میں آپے سے باہر ہوگیا۔ میں انا کو صرف اپنی ملکیت سمجھتا ہوں۔ دوسروں کی انا کو نظرانداز کرنا۔ میں نے کافی غور و فکر کے بعد یہ فیصلہ کیا کہ کچھ دیر اور انتظار کیا جائے۔ شکار اگر خود جال میں پھنس جائے تبھی لطف ہے۔ ویسے غریب اور مفلس لوگوں سے ٹکر لینے سے کیا فائدہ؟

بڑوں کا مقولہ ہے کہ ہمیشہ ان سے ٹکر لو جو اپنے سے بڑے ہوں۔ میں نے سوچا خود کسی نہ کسی مصیبت میں گرفتار ہو جائے گا۔ مجھ سے بچ کر شاید چلا جائے۔ لیکن اس زندگی کی بیہودگیوں شکستوں اور ناکامیوں سے بچ کر کہاں جائے گا؟

اور وہی ہوا جس کا مجھے انتظار تھا۔ میرے کمرے کے ساتھ والا غسل خانہ کافی گندا ہوگیا۔ گندا تو پہلے ہی تھا۔ لیکن اب زیادہ گندا ہوگیا۔ یہ غسل خانہ بھی کیا تھا۔ بیک وقت برتن مانجھنے، کپڑے دھونے نہانے اور گانے کا کام اس غسل خانے سے لیا جاتا برتنوں کی ساری اور صبح و شام کی بچی ہوئی غلاظت اس موری میں ڈالی جاتی۔ آہستہ آہستہ اس کا پائپ راکھ سے بھرنے لگا۔ پھر ایک دن سارا غسل خانہ پانی سے بھر گیا۔ کیونکہ موری مٹی اور راکھ سے لبالب بھر گئی۔ اور اب پانی کے نکاس کے لئے کوئی راستہ نہ تھا۔

جب اس مسئلے پر پہلے فلور کے رہنے والوں نے بحث کی۔ تو پتہ چلا کہ موری کے اوپر کی چھلنی غائب ہے۔ اگر بازار سے چھلنی خرید کر فوری طور پر لگا دی جائے تو پائپ میں مٹی نہ بھرے گی۔ اور اس

طرح غسل خانہ صاف اور ستھرا رہے گا۔

اس گھٹیا کام کو کون کرے؟ گھٹیا کام کو گھٹیا آدمی ہی کر سکتا ہے۔ ہم تو بڑے آدمی ٹھہرے۔ اس لئے میں اس بھنگی کی طرف رجوع ہوا۔ اگلے دن میں نے بھنگی سے کہا۔" جس کے نام سے میں آج تک ناواقف تھا اور نہ جانے کی کبھی کوشش کی۔ صرف بھنگی پکار کر اپنے دل کی بھڑاس نکال لیتا تھا۔ میں نے کہا۔ اے ذرا اس پائپ میں سے مٹی نکال دے تاکہ غسل خانہ مٹی سے نہ بھرے"

اس نے بڑی لاپرواہی سے میری طرف دیکھا اور کہنے لگا" ساڈی بلڈنگ کے برتن اس غسل خانہ میں صاف کئے جاتے ہیں۔ یہ غسل خانہ پانی سے نہ بھرے تو کیا ہو۔ جب تک چھلنی نہ آئے گی۔ غسل خانہ صاف نہ ہو سکے گا۔" یہ کہہ کر وہ پھر جھاڑو دینے لگا۔

"چھلنی کون لائے گا۔" میں نے بارعب لہجے میں کہا۔

"آپ پیسے دے دیجئے میں چور بازار سے لادوں گا۔" اس نے میری طرف لاپرواہی سے کہا ہوئے کہا۔

"کتنے روپے"

"ڈیڑھ روپیہ"

میں نے فوراً ڈیڑھ روپیہ اپنی قمیض کی جیب سے نکالا اور اس کی سیاہ اور کھردری ہتھیلی پر رکھ دیا۔

تین دن اور گزر گئے چھلنی نہ آئی۔

چوتھے دن میں نے بھنگی سے پوچھا کہ "چھلنی کیوں نہیں لائے۔

" کل لاؤں گا آج بھول گیا۔" اس کی آنکھیں ندامت سے جھک گئیں۔ اور میری طرف نہ دیکھتے ہوئے آگے بڑھ گیا۔

ایک ہفتہ اور گزر گیا مگر بھنگی چھلنی نہیں لایا۔ اب یہ بھنگی صبح ہی آتا۔ اور میرے جاگنے سے پہلے غسل خانہ اور باقی جگہ کو صاف کر کے چلا جاتا۔ اس کی حرکتوں سے صاف عیاں تھا کہ

بھنگی میرا ڈیڑھ روپیہ ہضم کر گیا۔ لاشعور میں جو تھوڑی بہت خفیہ عقیدت مجھے نچلے طبقے سے تھی۔ وہ بھی جاتی رہی۔ دراصل بھنگی کی اس لغزش پر میں خوش ضرور ہوا۔ مگر ساتھ ہی غصے کی ایک لہر اُبھر آئی۔ بڑی اکڑفوں دکھاتا تھا۔ کہاں جائے گا۔ ہمارے مزدوروں کے نیتا۔ شری رام دیال سوشلسٹ سماج کے کرتا دھرتا۔ ذرا اپنے ساتھیوں پر نگاہ ڈالیں۔ جی ہاں نچلے طبقے کا اخلاق بڑا بلند ہوتا ہے۔ متوسط طبقے کے لوگ بے پیندے کے لوٹے ہیں جدھر پانی بہتے دیکھا بہہ نکلے۔

اجی ذرا اپنے ساتھیوں پر تو نگاہ ڈالئے کیا یہی لوگ قوم کے معمار بنیں گے؟ کیا سمجھ رکھا ہے اس نے میرا ڈیڑھ روپیہ ہضم کر لیا اور ڈکار تک نہ لی۔ میں اسے بالکل معاف نہیں کروں گا۔ کہتا تھا کہ چور بازار سے چھلنی خرید کر لاؤں گا۔ اسے تو خود چور ہے۔ تو چور بازار سے کیا لائے گا۔ دو ہفتے سے میرا منہ نہیں دیکھا چھپتا پھر رہا ہے۔ محنت کش طبقہ، عوامی قدریں، نیا سماج، اخوت جدلیاتی مارکسزم مائی فٹ۔ سب کچھ ڈھونگ، اصل کرتوت اور کردار دیکھ لیا نا آپ نے۔ میرا ڈیڑھ روپیہ ہضم کر گیا۔ میں اس کی پول کھول کر رکھ دوں گا۔

ویسے میں بھی دوستوں سے روپے اُدھار لیتا ہوں۔ اور انھیں واپس نہیں کرتا مگر میری بات اور ہے۔ مجھ میں اور بھنگی میں کافی فرق ہے۔ میں نے کئی بار رشتہ داروں سے جھوٹ بول کر روپے اُدھار لئے اور پھر کبھی واپس نہ کئے۔ میرے دوست مجھ سے بیس تیس روپے مانگ کر لیجاتے ہیں اور پھر کبھی واپس نہیں کرتے۔ دوستوں کی بات اور ہے۔ وہ روپے واپس نہیں کرتے تو کم سے کم چاپلوسی تو کرتے ہیں۔ لیکن اس شخص کو کوئی حق نہیں کہ وہ میرے ڈیڑھ روپے پر ہاتھ صاف کر دے۔ کیا سمجھ رکھا ہے اس نے؟

اگلی صبح وہ مجھے غسل خانہ صاف کرتے ہوئے مل گیا۔ میں لپک کر اس کے قریب پہنچا۔ جیسے باز اپنے شکار پر جھپٹتا ہے۔

"کیا ہوا۔ اس چھلنی کا" میں نے کڑک کر کہا۔

"جی۔ منشی نے کہا تھا کہ تمہیں لانے کی ضرورت نہیں۔ میں لا دوں گا۔ اسی لئے میں

چور بازار نہیں گیا۔"

"ارے کیوں جھوٹ بولتے ہو میں غصے سے لال پیلا ہوگیا۔ تم نے کہا تھا کہ تم خرید کر لاؤ گے میں نے تمہیں روپے دیئے اور سب کے سامنے دیئے ڈیڑھ روپے تمہاری گندی ہتھیلی پر رکھے اور تم ہنستے سے چھننی لا رہے ہو۔ بد دیانتی کیوں کر رہے ہو۔ مجھے اُلّو بنا رہے ہو۔ صاف صاف کیوں نہیں کہہ دیتے کہ تمہیں روپوں کی ضرورت تھی۔ اور تم نے روپے خرچ کر لئے۔ کیا میں ہی اس بلڈنگ میں دھوکے بازی اور فریب کاری کے لئے رہ گیا ہوں۔ سُن! اگر کل تک چھننی لا کر نہ دی تو میں پولیس کے حوالے کر دوں گا۔ نوکری سے برخاست کراؤں گا سمجھے۔" میں غرور اور فتح مندی کے لہجے میں بولا۔

"بس کل چھننی لاؤں گا۔ آپ اونچی آواز میں بات نہ کیجئے۔ میں بہرہ نہیں۔" وہ جھاڑو سے زمین صاف کرتے ہوئے بولا۔ "دیکھئے جناب! میں نے محلے والوں کی طرف دیکھ کر کہا۔ اس عرصے میں کافی لوگ میرے ارد گرد جمع ہو گئے تھے۔ اور میری باوقار شخصیت سے مرعوب ہو رہے تھے اور بڑی حقارت سے اس بھنگی کو دیکھ رہے تھے جناب آنکھیں کھول کر دیکھئے، اور کان کھول کر سُنئے۔ اسے کہتے ہیں اُلٹا چور کوتوال کو ڈانٹے۔ روپے میں دوں اور اونچی آواز میں بات بھی نہ کروں۔ یعنی میں آپ کے کان میں رس ٹپکاؤں۔ آپ ہی فیصلہ کیجئے! قصوروار کون ہے؟ خیر میں کل تک کی مہلت دیتا ہوں۔

اس نے سب کچھ سُنا۔ اور کچھ نہیں بولا۔ خاموشی سے آہستہ آہستہ جھاڑو دیتا رہا۔ وہ زمین کو یوں سنوار رہا تھا۔ جیسے شاعر اپنی غزل کو سنوارتا ہے یا کوئی افسانہ نگار اپنے قلم سے ایک نیا شاہ کار لکھتا ہے۔ میں نے سوچا یہ بھنگی نہیں کوئی شاعر ہے۔ افسانہ نگار ہے اسے اپنے کام سے اتنی لگن کیوں ہے۔ یہ اتنا کم گو متین اور سنجیدہ کیوں ہے یہ سوچتا ہوا بڑبڑاتا ہوا اپنے کمرے میں چلا گیا۔

کمرے میں میرے سوا اللہ کوئی نہیں تھا۔ یہ بھی اچھا ہوا۔ میری اہلیہ محترمہ شاید کسی دوسرے کمرے میں برج کھیل رہی تھیں۔ میں نے کھلی فضا دیکھ کر خود بخود بڑبڑانا شروع کر دیا۔ آج کل کسی

پر اعتبار کرنا گناہِ عظیم ہے ۔ مزدور دیانت دار رہتے ہیں ۔ کیا کہنے ۔ شریف ہوتے ہیں مگر اپنا تجربہ تو اُلٹ ہی ہے اپنے قول و فعل کے پکّے ہوتے ہیں ۔ کسے انکار ہے ۔

اخلاق کے پاسبان ہوتے ہیں ۔ دیکھ لیا ۔ ان کا اخلاق ۔ میں سوچتے سوچتے اور بولتے بولتے کانپ گیا ۔ جی میں بلند آواز سے باتیں کر رہا تھا ، اور آپ بڑے نرم اور شیریں لہجے میں مجھ سے ہم کلام تھے ۔ جیسے آپ کسی کالج کے پرنسپل ہیں ۔ کہاں ہیں وہ رام دیال آزادی اور اخوت کے پرستار ! میرے سامنے تو آئیں ۔ کل چھنی نہیں لایا تو سالے کو جان سے مار دوں گا ۔ کتنی سنجیدگی سے بات کرتا ہے ۔ جیسے آپ کرسیٔ صدارت پر تشریف فرما ہیں ۔ سارے محلّے کے سامنے بے عزّتی کر دوں گا اور بتا دوں گا کہ ایک شریف انسان کے ساتھ کیسے دھوکا کیا جاتا ہے ۔ میں اس قسم کی توہین برداشت نہیں کر سکتا ۔ بلڈنگ کے بھنگی ، میرا کہنا مانیں اور مجھے اُلّو بنا دیں ۔ کیسا زمانہ ہے ۔ ارے بڑے آدمیوں کو تو بد دیانتی کرنے اور دوسروں کو اُلّو بنانے کا حق ہے لیکن چھوٹے لوگوں کو مفلس اور نادار انسانوں کو ۔ بیمار مدقوق لوگوں کو بد دیانتی کرنے کا کوئی حق نہیں ۔" میں غرّایا ۔" میں اس بے عزّتی کا بدلہ لوں گا ۔

میرا خون کھول گیا ۔" میں جانتا ہوں ۔ وہ کل سے اس بلڈنگ میں نہیں آئے گا ۔ اس کا کیا ہے ۔ کسی دوسری بلڈنگ میں جھاڑو دینے چلا جائے گا ۔ مگر میں اس بدمعاش کا پیچھا کروں گا ۔ میں تاقیامت اسے نہیں چھوڑوں گا ۔ میرا ڈیڑھ روپیہ جناب ۔ یہ ڈیڑھ روپے کی بات نہیں ۔ یہ میری عزّت ، شرافت ، انا اور شخصیت کا سوال ہے ۔ یہ ڈیڑھ روپیہ ڈیڑھ لاکھ روپے کے برابر ہے ۔ یہ میرے گاڑھے پسینے کی کمائی ہے ۔ میں ۔ میں کسی کو امانت میں خیانت کرنے کا حق نہیں دیتا ۔ اور خاص کر اس بھنگی کو ۔ میں ٹہلتا ہوا بولتا گیا اور میرا خون کھولتا گیا سا اچھا ہوا ۔ اس وقت کمرے میں میرے سوا اور کوئی نہ تھا ۔ نہیں تو اس قسم کے جنونی آدمیوں کو سیدھا پاگل خانہ بھیج دیا جاتا ہے ۔

دوسرے دن وہ سیڑھیاں صاف کر رہا تھا ۔ اس نے مجھے دیکھا اور اس کے ہاتھ سے جھاڑو گر گیا ۔ گناہ کا احساس بیچارہ ڈر گیا میری شخصیت کی پرچھائیں کا اثر ہونے لگا تھا ۔ سیڑھیاں اُتر کر میرے قریب آیا ۔ اور کہنے لگا کہ یہ لیجیے اپنا ڈیڑھ روپیہ کون اس لپھڑے میں پڑے ۔ منشی کہتا تھا میں خرید کر لاؤں گا ۔ تم نہ لانا ۔

اس لئے میں چھننی بازار سے خرید کرنہ لایا۔آپ مجھے جھوٹا اور مکار سمجھتے ہوں گے کوئی بات نہیں ۔"
اس نے اپنی میلی قمیص کی جیب میں اپنا میلا ہاتھ ڈالا ۔اور میری شفاف ہتھیلی پر ڈیڑھ روپیہ رکھ دیا۔جب یہ ڈیڑھ روپیہ میری ہتھیلی پر گرا تو مجھے ایسا محسوس ہوا جیسے کسی سانپ نے ڈنک مارا ہو۔ ایک لمحہ کے لئے سارا جسم لرز گیا۔میری بنائی ہوئی قدروں کا محل دھڑام سے نیچے گرا۔میں اس وقت اس بھنگی کے سامنے اتنا چھوٹا اور حقیر سا ہو گیا تھا کہ جی چاہتا تھا کہ زمین میں دھنس جاؤں۔زندگی میں پہلی بار کسی معمولی آدمی نے مجھے شکست کا احساس دلایا تھا۔میں بخشش کے طور پر اسے ڈیڑھ روپیہ دینا چاہتا تھا لیکن اس پر خلوص باوقار شخصیت دیانت دار شخصیت کے سامنے مجھ میں اتنی جرأت نہ ہوئی کہ میں اسے بخشش دینے کی کوشش کرتا اگر اس نے نا کر دی تو میرا حال کیا ہوگا۔میں اپنی خفت اور ندامت کو چھپانے کے لئے سیدھا اپنی بیوی کے پاس پہنچا۔اور اسے یہ المناک خبر سنائی وہ بھی یہ خبر سننے کے لئے تیار نہ تھی۔ایک لمحہ کے لئے بھونچکی سی رہ گئی۔

"لو یہ ڈیڑھ روپیہ بھنگی نے واپس کیا ہے ۔"

"نہ ۔اسے اپنے ہی پاس رکھو۔میں اسے ہاتھ نہیں لگاؤں گی۔

"کیوں ؟" میں نے حیران ہو کر پوچھا۔

"اسے بھنگی نے چھوا ہے ۔"

لیکن یہ میرا روپیہ ہے میں نے اسے دیا تھا۔اس پر حکومتِ ہند کی مُہر ثبت ہے دیکھتی نہیں یہ باوقار اشوک کا ستون اور اس کے اوپر شیر یہ میری جیب میں سے گیا تھا ۔"میں خفا ہو کر چلایا۔

"آپ کی جیب کی بات اور ہے ۔وہ نرم لہجے میں بولی۔ جیسے کسی بڑی سچائی کو بے نقاب کر رہی ہو۔میری بیوی نے فوراً نوکرانی کو بلایا اور کہا۔اُٹھا لے یہ ڈیڑھ روپیہ اور دھو کر لا۔یہ گندا ہے ۔"

میں اپنی بیوی کی طرف دیکھتا ہی رہ گیا۔ایک لمحے کے لئے سکتے میں آگیا۔میں نے اپنے دماغ کو جھنجھوڑنا چاہا۔اچانک میرے ذہن میں یہ خیال بجلی کے کوندے کی طرح لپکا۔کہ ان سکوں کی میل تو شاید پانی کے دھونے سے اُتر جائے۔لیکن یہ دلوں کی میل کیسے اُترے گی۔ ٭

ممّی

"ممی۔ یو۔ آر۔ گریٹ ممی۔ میرے پاس آؤ۔ وسکی کا ایک اور پیگ لونا۔

"ڈونٹ بی سیلی۔ مائی سن۔" ممی چلائی۔

"بی۔ اے۔ گڈ مدد۔ صرف ایک پیگ اور۔" ممی وسکی کی بوتل سے ایک پیگ ڈالتی ہے اور پینے والے ہاتھ میں گلاس دیتی ہے۔ "یو آر۔ گریٹ ڈارلنگ۔ تھوڑی برف۔ یہ برف کہاں سے لائی ہو۔ صبح میں نے نوکر کو بھیجا لیکن اسے برف نہ ملی۔ ممی یو آر سویٹ۔ میرے پاس آؤ۔ میرے قریب۔"

"ڈونٹ بی سیلی مائی سن۔ ممی پھر چلائی۔

"اگر میرے پاس نہ آؤگی تو میں چلا آؤں گا۔ میں تم سے کتنی محبت کرتا ہوں۔ میں تمھیں کتنا پسند کرتا ہوں ممی۔ تمھاری قسم مجھے کچھ معلوم نہیں، کہ میں تم کو کیوں پسند کرتا ہوں، لیکن اتنا ضرور جانتا ہوں کہ، میں تمھیں پسند کرتا ہوں ممی۔ میرے پاس آؤ۔ میرے قریب۔ تمھارا ہاتھ کدھر ہے.....؟

"تم نے بہت پی ہے مائی سن۔

"نہیں ممی ابھی میں اور پیوں گا۔ جی بھر کے پیوں گا۔ تم شراب پلاتی جاؤ میں پیتا جاؤں۔ شراب کتنی اچھی چیز ہے۔ شراب پی کر میں بہت باتیں کرتا ہوں۔ اِدھر اُدھر کی باتیں

عشق اور محبت کی باتیں۔ تمھاری باتیں۔ غلامی کی باتیں۔ ممی تمھارے ہاتھ بہت ہی خوبصورت اور ملائم ہیں، نرم و نازک۔"

ممی زور سے قہقہہ لگاتی ہے۔

زور سے مت ہنسو ممی۔ اس قہقے سے بڑھاپے کی بو آتی ہے۔ تم ذرا لطیف انداز سے ہنسو۔ دبی دبی سی ہنسی۔ خوش گوار ہنسی پیاری اور میٹھی ہنسی۔ یو آر۔ واقعی گریٹ۔ ایک اور پیگ۔

"بالکل نہیں۔"

"میں تمھارے قریب آؤں گا۔ تمھارے ساتھ بیٹھوں گا۔"

"آجاؤ ـــــ"

"کیا تمھیں کسی بات کا ڈر نہیں۔"

"ممی میں تمھارا کن الفاظ سے شکریہ ادا کروں تم نے جس لڑکی کا پتہ دیا تھا۔ میں اسی سے ملنے گیا تھا۔

"کہاں"

"بمبئی میں ڈارلنگ۔"

"پھر کیا ہوا۔؟"

"ممی وہ لڑکی مجھے بالکل پسند نہیں آئی، دیکھتے ہی مجھے اس سے نفرت ہوگئی۔ مجھے وہ بالکل پسند نہیں آئی۔ ایسا معلوم ہوتا تھا جیسے وہ مجھے اجنبی سمجھ رہی ہے۔ ممی میں تو تمھاری سفارش لے کر گیا تھا۔ پھر بھی اس نے سیدھی طرح بات نہ کی مجھے کیا غرض تھی کہ اسے مناتا بہت مغرور تھی وہ۔ اپنے آپ کو معلوم نہیں کیا سمجھتی تھی۔ اس کے سلوک۔ اس کے برتاؤ۔ اس کی باتوں سے صاف عیاں تھا کہ وہ ہر ہندوستانیوں کو پسند نہیں کرتی اور میری جیب میں سفارش کے علاوہ روپے بھی تھے۔ مُفت کا مال تو نہیں تھا ممی۔

"مجھے اُمید نہ تھی کہ وہ اس طرح Behave کرے گی" ممی نے شراب کے گلاس کو ختم کرتے ہوئے کہا۔

"ممی میرے قریب آؤ۔ ـــــ میرے نزدیک ۔ میرے پاس آؤ۔ ذرا۔ ذرا اِدھر سرک آؤ۔ ممی۔ ہاں اتنی جلدی بوڑھی کیوں ہوگئی ہو" ؟

"ایک دن تم بھی بوڑھے ہو جاؤ گے۔ بالکل میری طرح صرف لمعہ بن کر رہ جاؤ گے۔ لیکن ۔ ہاں عورتیں بہت جلد بوڑھی ہو جاتی ہیں ۔

"ممی تم مجھے پسند کیوں کرتی ہو۔

"کیوں کہ تم اچھے ہو۔ کیوں کہ تم خوبصورت ہو، جوان ہو۔ تم اتنے زور سے قہقہے لگاتے ہو کہ میرے بوڑھے جسم میں توانائی سی آجاتی ہے۔ میں جوان لڑکوں کی صحبت میں بیٹھ کر خوش رہتی ہوں۔ مجھے ہنسی اور قہقہوں سے انتہائی محبت ہے اور تم۔"

رک جاتی ہے۔

"جو کچھ کہنا چاہتی ہو کہہ ڈالو"

"یہی کہ تم کمینے نہیں ہو۔" یہ کہہ کر ممی مُسکرائی۔

"ممی ایک پیگ اور۔ تمھارے ہاتھوں کی قسم جو اتنے نرم اور ٹھنڈے ہیں۔ مجھے تمھارے ہر سانس سے محبت ہے"

"تم نے بہت پی لی ہے۔ اور اگر تم نے ایک اور پیگ پی لیا۔ تو قے کرنے لگو گے"

"نہیں ممی نہیں" تمھاری قسم نہیں۔ قے نہیں کروں گا میں کبھی قے نہیں کروں گا صرف ایک پیگ اور۔ لو تم بھی ایک پیگ اور۔ جب تم شراب پی لیتی ہو تو تم کافی حسین ہو جاتی ہو۔ تمھاری دھنسی ہوئی آنکھیں۔ چمک اٹھتی ہیں۔ اور تمھارے مُرجھائے ہوئے چہرہ پر رعنائی سی آجاتی ہے۔ ممی تمھاری۔"

"انگلو انڈین۔

"کیا تمھیں ہندوستانیوں سے نفرت ہے؟"

"بالکل نہیں میرے بیٹے مجھے صرف اس شخص سے نفرت ہے جو کمینہ ہو۔ اور وہ تمھارا دوست جو اپنے آپ کو شاعر کہتا ہے، وہ تو بہت ہی کمینہ ہے۔"

"کون سا شاعر ممی۔"؟

"وہ کالا سیاہ سا۔ جس کی آنکھیں اندر دھنسی ہوئی ہیں۔ جو نہایت ہی بدصورت اور بے حیا ہے۔ اس کا دل بھی اس کے رنگ کی طرح سیاہ ہے۔ مجھے اس سے انتہا نفرت ہے۔"

"کس بات پر جھگڑا ہوا تھا۔"؟

"ایک دن کہنے لگا۔ مجھے لڑکی لا دو۔ کم بخت اپنی صورت نہیں دیکھتا اور جس انداز سے اس نے مجھے یہ الفاظ کہے وہ انداز میں کبھی نہیں بھول سکتی اس کے کہنے کا مطلب یہ تھا کہ میں اسے لڑکیاں لا کر کیوں نہیں دیتی۔ میں اسے شراب کیوں نہیں پلاتی۔ بھلا میں اس کالے سیاہ آدمی کو کس طرح اپنے گھر میں بلاؤں۔ میں بدصورتی سے نفرت کرتی ہوں۔ میں بدصورت آدمی کے ساتھ شراب نہیں پی سکتی کیا ہوا۔ کہ میں لڑکیاں سپلائی کرتی ہوں۔ یہ میرا پیشہ ہے کیا تم مجھ سے۔ نفرت کرنے لگو گے۔ اسی وجہ سے .... !

"نہیں ممی۔ بلکہ میں اس بے باک پن کی وجہ سے تم سے محبت کرتا ہوں مجھے معلوم ہے کہ تم لڑکیاں سپلائی کرتی ہو۔ مجھے اس سے کیا غرض۔ لوگ اس سے بُرے کام کرتے ہیں۔ اور پھر میں تم سے کیوں نفرت کروں۔ میں کون سے اچھے کام کرتا ہوں۔"

"لیکن میرے بچے تم کمینے نہیں۔ تم دیانت دار ہو۔ تم میرا مذاق نہیں اُڑاتے۔"

"ممی نو مور ٹاک۔ میرے قریب آؤ۔ آؤ۔ آؤ نا۔"

"ڈونٹ بی سیلی مائی سن ــــ مجھے اس شاعر سے نفرت ہے۔ میں چاہتی ہوں کہ اسے ماروں پیٹوں، اس کی مسکراہٹ کو نوچ ڈالوں۔ وہ مجھے دلالہ سمجھتا ہے۔ کافر کہیں کا ــــ وہ مجھے نفرت کی نگاہ سے دیکھتا ہے۔ کیوں کہ میں طوائف ہوں۔ یا طوائف رہ چکی ہوں۔ جیسے یہ جسم اس کے

باپ کا ہے۔"

"چیخو مت ممی"۔

"مجھے کہنے دو ـــــ"

"ممی میرے قریب آؤ۔ اور قریب ـــــ ناراض نہ ہو۔ یو۔ آر۔ سویٹ۔

"وہ مجھے سمجھتا کیا ہے۔ اس نے میرا مذاق کیوں اُڑایا۔ وہ مجھے نفرت کی نگاہ سے کیوں دیکھتا ہے شالا کہیں کا۔ کیا تم یہ جانتے ہو کہ پیشہ مجھے کیوں اختیار کرنا پڑا ـــــ"؟

"کیوں کہ تم یہ پیشہ اختیار کرنا چاہتی تھیں۔"

"بکومت۔ شاید تم نے ضرورت سے زیادہ پی لی ہے۔ میں طوائف کبھی نہیں بننا چاہتی تھی۔"

"تمھیں طوائف کون کہتا ہے۔؟

تمھارا شاعر"

"شاعر نہیں گدھا ہے۔ اسے کچھ پتہ نہیں ـــــ وہ بے وقوف ہے۔"

"اب آؤ میرے قریب، اب تو خوش ہونا۔ وہ لڑکی بہت اچھی تھی۔"

"چند دن ہوئے تم نے میرے پاس بھیجی تھی۔ وہ بہت اچھی تھی۔ کم بخت روپے بہت مانگتی تھی۔ ڈیڑھ سو روپئے؟"

"وہ کسی شریف گھرانے کی لڑکی تھی۔"

"تو پھر کیا ہوا، ـــــ مجھے اس کی شرافت سے کوئی سروکار نہیں کہنے لگی تم میرے رسیلے ہونٹوں سے رس چرا سکتے ہو۔ بس بس زیادہ کچھ نہیں۔ تمھیں عصمت اور کنوارے پن کی عزت کرنی چاہئے۔ رات بھیگتی رہی۔ اور میں اس کے شاداب لبوں سے تازگی حاصل کرتا رہا۔ شب بھر ہم نے ایک جان ہو کر ایک دوسرے کے پہلو بہ پہلو جوانی کے خواب دیکھے۔ میں حسن و جوانی اور عصمت کی عزت کرنا جانتا ہوں۔ خوب جانتا ہوں۔"

"ہُوں ـــــ اور تمھارا شاعر ـــــ کالا اور سیاہ ۔ چمنی کے دھوئیں کی طرح سیاہ ۔ آنکھوں میں آوارگی .... اور سینے میں بچھو کا ڈنک ۔ مجھ پر ہنستا تھا۔ کمینہ ۔ مجھے طوائف سمجھ کر نفرت کرتا تھا جانتے ہو میرے بیٹے ۔ میری عمر چودہ سال کی تھی ۔ جب میری ماں ہیضہ سے مرگئی ۔ اس وقت میں جوان تھی ۔ بہت سے گورے سپاہی ہمارے گھر آتے تھے ۔ ماں کے مرنے کے بعد میں اکیلی رہ گئی بالکل اکیلی تنہا اور ایک رات ایک گورے نے مجھے بہت پلادی ۔ اور اس رات حُسن فروشی کی طرف میرا پہلا قدم اٹھا کہنے لگا میں تمھارے ساتھ شادی کروں گا ۔ میں تم سے محبت کرتا ہوں ۔ لوسی ۔ اُن دنوں لوگ مجھے لوسی پکارتے تھے ۔ لوسی نادان تھی ۔ جوان تھی ۔ گورے کی باتوں میں آگئی ۔ اور جب صبح ہوئی تو گورا کہیں بھاگ گیا تھا ۔ اور لوسی پھر اکیلی تھی ۔ میرے بچے تم اس وقت کہاں تھے ۔ تمھاری قسم میں اس وقت جوان تھی ۔ جسم میں پتھر کی سی سختی تھی ۔ اتنی سختی کہ چُٹکی لو تو پوریں چھل جائیں ۔ جسم میں سُورج کی سی گرمی تھی ۔ معلوم نہیں تم اس وقت کہاں تھے ۔ ؟ اور اب ۔ اب تو بوڑھی ہو چکی ہوں ۔

"تمی یو ۔ آر ۔ گریٹ سوویٹ عورت ۔

"میں ان حالات میں کیا کرتی ۔ کیا میں راہبہ بن سکتی تھی ۔ کیا میں کسی ہسپتال میں نرس بھرتی ہوسکتی تھی ؟ بالکل نہیں مجھے دونوں پیشوں سے نفرت ہے ۔ جب جسم میں آگ ہو گوشت میں پتھر کی سی سختی ہو اس وقت عورت راہبہ نہیں بن سکتی نرس نہیں بن سکتی اور پھر میں نے یہ پیشہ اختیار کر لیا ۔ لوگ جوق در جوق آنے لگے ۔ میں نے ہمیشہ اُن لوگوں سے محبت کی ۔ جو مجھے پسند آئے ۔ میں نے یُوں ہی اپنے آپ کو غیروں کے حوالے نہیں کیا بلکہ آہستہ آہستہ سوچ سمجھ کر میں نے اس جسم کا استعمال کیا ہے دیکھ لو اس عمر میں بھی لوگ میرے پاس آتے ہیں ۔ میرے جسم کو خریدنا چاہتے ہیں ۔ لیکن میں ان کو گھر سے باہر نکال دیتی ہوں ۔ صرف جوان لڑکوں کے ساتھ بیٹھتی ہوں ۔ کیوں میرے بچے ؟

"تم اسے پیشہ کہتی ہو" ؟

"ہاں میرے بچے تم اپنا دماغ بیچتے ہو ۔ میں اپنا جسم بیچتی ہوں ۔ تجارت کرنے والے .۲۰۔ ہم کر کے محل تیار کراتے ہیں ۔ اور میں جسم کی نمائش کر کے اپنا پیٹ بھرتی ہوں ۔ یہ دیکھو یہ چھوٹا سا گھر

اسی جسم کی بدولت تیار ہوا ہے۔ اور اگر تمھیں ان تجارت کرنے والوں سے نفرت نہیں تو مجھ سے بھی نہیں ہونی چاہیئے

"ممی شٹ اپ۔ یو۔ آر اسپوائیلنگ مائی موڈ۔ کیا میں نے تمھیں نہیں بتایا کہ میں بمبئی گیا تھا۔ اور پھر اس لڑکی کے گھر بھی گیا تھا۔ لڑکی نہایت ہی بدتمیز تھی۔ تمھاری قسم اس سے بالکل نفرت ہوگئی۔ اس نے مجھ سے اس طرح باتیں کیں، جیسے وہ ایک اعلیٰ نسل سے تعلق رکھتی ہے۔ اور میں محض ایک حقیر انسان تھا۔

"مجھے اس کالے ہندوستانی سے نفرت ہے۔

"اور میں اس لڑکی کے گھر سے نکل کر بازار میں چلا گیا۔ مجھے کیا معلوم تھا کہ بازار میں ایک ہنگامہ برپا ہے۔ دوکانیں بند ہو رہی تھیں۔ لوگ جوق در جوق اکٹھے ہو رہے تھے کہ انڈین نیوی نے بغاوت کر دی ہے۔ بیس جہازوں پر قبضہ کر لیا۔ ہندوستانی نیوی زندہ باد۔ ہندوستانی فوج زندہ باد۔ کہو ممی "جے ہند"

"نہیں کہتی۔"

"تمھیں کہنا ہی پڑے گا۔" نہیں تو میں تمھارا سر پھوڑ دوں گا۔"

"مجھے جے ہند کا نعرہ پسند نہیں۔"

"لیکن ممی اس نعرے نے ہندوستان کو پھر سے بیدار کیا۔ ممی ایک گلاس اور ممی میرے قریب آؤ۔ میرے پاس آؤ۔ میں تم سے باتیں کرنا چاہتا ہوں، راز کی باتیں۔ پیار کی باتیں۔ ارے تم بمبئی نہیں گئیں۔ اگر تم نے یہ آزادی کی جنگ دیکھی ہوتی۔ تو ہندوستانی کی بہادری کی قائل ہو جاتیں۔ کہو انڈین نیوی زندہ باد۔"

"ہندوستانی بزدل ہیں۔ اور روپے کے لالچ میں آکر دوسروں کے لیے لڑتے ہیں۔

"نہیں ممی اب میں یقین نہیں کرتا۔ جو کچھ دیکھ کر میں آیا ہوں۔ اس کے بعد میں نہایت فخر کے ساتھ کہہ سکتا ہوں کہ ہم آزادی کے لیے لڑ سکتے ہیں۔ مر سکتے ہیں۔ ممی چھوٹے چھوٹے بچے

جے ہند کا نعرہ لگا رہے تھے ۔ بچوں کے ہاتھوں میں پتھر تھے لاٹھیاں تھیں۔لیکن گوروں کے ہاتھوں میں بندوقیں تھیں ۔مشین گنیں تھیں۔ مقابلہ بہت سخت تھا۔ بچوں نے بوڑھوں نے عورتوں نے گولیاں سینے پر کھائیں ۔ اور جے ہند کا نعرہ بلند کرتے رہے ۔ کانگریس اور مُسلم کے جھنڈے اکھٹے لہرا رہے تھے ۔ اور اگر ان لوگوں کے پاس بھی بندوقیں ہوتیں ــــ تو ــــ"

"مائی گاڈ ڈونٹ ٹاک راٹ ۔ مائی سن ــــ

کون ــــ" ؟

"وہی تمھارا شاعر ــــ میں اسے جان سے مار دوں گی ۔"

"ممی شٹ اپ کہو جے ہند ــــ"

"نہیں کہتی ۔"

"صرف Navy ہی نہیں۔ ایر فورس۔ مسلح فوج۔یعنی ہندوستان کی آزادی کی جنگ میں پہلی بار سب ہندوستانیوں نے مل کر آزادی کا نعرہ بلند کیا۔اب اس طوفان کو کوئی نہیں روک سکتا ۔ بندوقیں گولیاں ۔ ہم ہندوستانیوں کا کچھ نہیں بگاڑ سکتے یہ ظلم اور یہ تشدد ہمارے آہنی عزم کو متزلزل نہیں کر سکتا ۔ اب ہندوستان آزاد ہو کر رہے گا ۔

اور جے ہند کا نعرہ صرف بمبئی سے بلند نہیں ہوا کراچی سے کولمبو تک دلّی سے لے کر پشاور تک ہر شہر ۔ ہر گاؤں سے نعرہ بلند ہو رہا ہے ۔اب ہمارا وطن آزاد ہو کر رہے گا ۔

"تم نے بہت پی لی ہے ۔"

"جب میں زیادہ پی لیتا ہوں ۔ تو نہایت صاف اور واضح باتیں کرتا ہوں۔نہایت کھری کھری باتیں ۔ ممی میں تمھیں پسند کرتا ہوں مجھے تمھاری قوم سے نفرت ہے ۔"

"وہ کیوں" ؟

"وہ اس مُلک کو اپنا وطن نہیں سمجھتے وہ اس طرح باتیں کرتے ہیں جیسے وہ لندن سے

آرہے ہیں۔ ان کی حرکات عادات سب انگریزوں کی طرح ہیں۔ مجھے ان کے رہنے سہنے پر کوئی اعتراض نہیں۔ لیکن ان کے چہرے مہرے سے تمکنت برستی ہے۔ غرور کا بے باک سایہ حکومت کا رعب۔ مجھے یہ بالکل پسند نہیں۔ ہندوستانی ہوکر ہندوستانیوں سے نفرت کرنا کہاں کی عقلمندی ہے۔ لیکن ایک بات کے لئے انھیں پسند بھی کرتا ہوں۔ وہ نہایت صاف اور ستھرے رہتے ہیں۔ اگر وہ اس مُلک کو اپنا وطن سمجھنے لگیں۔

"مجھے اس پالٹکس سے نفرت ہے۔ پرماتما کے لئے چُپ ہو جاؤ۔"

"کیا تمھیں خُدا پر یقین نہیں"

"بالکل نہیں"

"پھر بھی تُم زندہ ہو"

"کیا مذہب سے دلچسپی رکھتی ہو۔؟"

"مجھے مذہب سے نفرت ہے۔"

"شاید اسی لئے تُم خوش و خُرم رہتی ہو۔ ممی! انہیں باتوں کی وجہ سے میں تم کو پسند کرتا ہوں۔ ممی تُم اس دفعہ بمبئی نہیں گئیں۔ ہندوستانیوں میں اب نئی تڑپ آچکی ہے وہ ایک نئے عزم کو لے کر آگے بڑھ رہے ہیں۔ اب اس مُلک کو کوئی غلام نہیں رکھ سکتا۔ ممی جے ہند کہو۔ نہیں تو سر پھوڑ دوں گا۔

"میں نہیں کہتی"

"ممی تمھیں کہنا ہی پڑے گا۔ کہو۔" وہ ایک شراب کی خالی بوتل اُٹھاتا ہے۔ اور بوتل مارنے کے لئے ہاتھ بڑھاتا ہے۔

"کہو جے ہند"

"جے ہند مائی سن"

"اچھا یہ بوتل رکھ دو۔ ممی سورج کی طرف دیکھو۔ اس آگ کی طرف دیکھو جو سُورج اُگل رہا ہے۔ یہ سارا کرۂ ارض اس سُرخ روشنی سے جگمگا اُٹھا ہے۔ یہ لانبے لانبے درخت۔ یہ آسمان۔ یہ شفق۔ یہ

پہاڑ یہ دریا۔ سب کے سب اس روشنی سے جگمگا اُٹھے ہیں۔ کتنا حسین منظر ہے۔ یہ ایک نئی صبح ہے۔ نئی لے۔ نیا گیت۔ یہ آگ اب رُک نہیں سکتی اور پھیلے گی۔ اس سرے سے لے کر اس سرے تک۔

"دیکھتے نہیں سورج غروب ہو رہا ہے۔"

اور دوسرا ابھر رہا ہے۔ ایک تہذیب مٹ رہی ہے اور دوسری بن رہی ہے۔ ایک قوم مٹ رہی ہے۔ دوسری بن رہی ہے۔ کیا تمھیں یہ دکھائی نہیں دیتا۔

"تم نے بہت پی لی ہے مائی سن۔"

"ممی۔ یو۔ آر۔ گریٹ۔ میں جانتا ہوں۔ تم میرے ساتھ ہو۔ میرے قریب ہو۔ آؤ۔ میرے قریب آؤ۔ اس ٹھنڈے لمس سے مجھے سیراب کر دو۔ جب کبھی تمھارے جسم سے ہمکنار ہوتا ہوں تو ایسا معلوم ہوتا ہے جیسے کسی گرم چشمے میں نہا رہا ہوں۔ ممی یو۔ آر۔ واقعی گریٹ۔ آؤ۔ آؤ میرے پاس آؤ۔

"میں تمھارے پاس ہوں۔

"لیکن اس وقت کے دھارے کو کوئی نہیں مٹا سکتا۔ یہ وقت جو میرے اور تمھارے درمیان ہے۔ یہ وقت کی خلیج، یہ بڑھاپے کی لہر۔ جو مجھے تم سے جدا کرتی ہے۔

"اسی لئے میں تمھاری ممی ہوں۔ یو آر مائی سن۔ لیکن جب شراب پی لیتی ہوں، تو تم میرے بیٹے نہیں بلکہ صرف ایک مرد۔ اور میں صرف ایک عورت اور میری ہولناک ٹانگیں ہیں۔ اندھیرے میں تمھارا مضبوط اور توانا جسم ڈھونڈتی ہوں۔ اِدھر اُدھر جگادڑوں کی طرح بھٹکتی ہیں۔ اور راستہ ڈھونڈتی ہیں۔ اور پھر رشتہ ختم ہو جاتا ہے۔ اور تم میری آغوش میں ہوتے ہو مائی سن۔ یور ممی از گریٹ دس رسپکٹ۔"

"ممی شراب کا ایک اور پیگ لاؤ۔ نہیں تو میں پاگل ہو جاؤں گا۔ میں مرنا چاہتا ہوں اِن لوگوں کے ساتھ۔ ان بچوں کے ساتھ۔ ان عورتوں کے ساتھ جو اس جنگ آزادی میں مارے گئے ہیں، میں واقعی مرنا چاہتا ہوں۔ لیکن میں بزدل ہوں۔ میں نے صرف جے ہند کا نعرہ سنا اور واپس آگیا۔

لوگ مر رہے تھے۔ آزادی کے لئے، ملک کے لئے۔ اور میں دن بھر شراب پیتا رہا ــــ یہ اور تمھارے جسم کی گرمی سے لذّت حاصل کرتا رہا۔ ممی تم میرے لئے افیون ہو۔ ایک نشہ ہو۔ میں مرنا چاہتا ہوں۔ میں واقعی مرنا چاہتا ہوں۔ اپنی قوم کے لئے اپنے ہندوستان کے لئے۔"

"یہ لو شراب کا پیگ۔"

"شکریہ۔ (شراب پی کر) ممی یو آر گریٹ۔ گریٹ۔

"شٹ اپ مائی سن۔ مت بولو خاموش ہو جاؤ۔ اندھیرا بڑھ رہا ہے۔ شراب جسم کی نس نس میں سما رہی ہے۔ مجھے کچھ دکھائی نہیں دیتا۔ ہر طرف اندھیرا اور کچھ نہیں۔ آؤ۔ آؤ۔ میرے پاس آؤ۔ تمھارے بالوں کو چوم لوں۔ تمھارے جوان سڈول بازوؤں کو دیکھ لوں۔ اب میں بوڑھی ہو چکی ہوں بالکل بوڑھی۔ لیکن امنگیں ابھی تک جوان ہیں ــــ بوڑھے جسم میں خون آہستہ آہستہ دوڑ رہا ہے۔ لیکن یہ شراب۔ یہ شراب۔ یہ تیز و تند شراب" کچھ نہیں آزادی، اور غلامی سب کچھ اس میں غرق ہو جاتا ہے۔ مجھے نزدیک آنے دو، یو آر سویٹ۔ یو آر ونڈرفل مائی سن مائی ڈارلنگ۔"

"ممی کہو جے ہند۔"

"جے ہند مائی سن۔"

(دونوں لڑکھڑاتے ہوئے ایک دوسرے سے لپٹ جاتے ہیں۔ اور اندھیرا دونوں کو اپنی آغوش میں لے لیتا ہے۔)

چائے کی پیالی

کامنی میری بیوی ہے۔ اس کے ساتھ رہتے ہوئے مجھے تقریباً بارہ سال ہو گئے ہیں۔ اور آپ یہ پڑھ کر حیران ہوں گے کہ ان بارہ برسوں میں میری اور کامنی کی کبھی لڑائی نہیں ہوئی۔ گو یہ عرصہ اتنا لمبا ہے کہ لڑائی تو ہونی چاہئے تھی۔ اگر اس عرصے میں طلاق کی نوبت آجاتی تو بھی اچنبھے کی بات نہ تھی، لیکن میری بیوی کی بات اور ہے اس قسم کی بیویاں ذرا مشکل سے ملتی ہیں۔ کامنی سے میری ملاقات آج سے بارہ برس پہلے ایک خوبصورت دوپہر کو ہوئی تھی۔ ایک ایسی دوپہر، جب سورج ٹھیک سر پر تھا۔ اور اس نے ہم دونوں کو اتنا قریب کر دیا کہ آخر میں ہم دونوں کو ہمیشہ کے لئے ایک ہونا پڑا۔

اگر آپ میری بیوی کو دیکھیں گے تو آپ اسے قبول صورت ضرور کہیں گے۔ جب میں نے اسے دیکھا تھا تو وہ مجھے بے حد حسین اور خوبصورت نظر آئی تھی، میں نے سوچا کہ ایسی لڑکی دُنیا کے کسی کونے میں نظر نہیں آئے گی۔ اس کی نیلی نیلی آنکھیں، جو اب پیلی پیلی ہو گئی ہیں لیکن اب بھی مجھے نیلی ہی نظر آتی ہیں، اس وقت بڑی پُرکشش اور دل آویز دکھائی دیں اور جب میں نے اسے سر سے لے کر پاؤں تک دیکھا تو ایسا محسوس ہوا جیسے سر سے لے کر پاؤں تک قیامت دیکھ لی۔ میرے سارے بدن میں ایک کپکپی دوڑ گئی تھی۔ ایسا سُندر اور سڈول جسم میں نے کبھی نہیں دیکھا تھا۔ ہو سکتا ہے کہ آپ میرے ان لفظوں کو ناپسند کریں جو میں نے اپنی بیوی کے بارے میں استعمال کئے ہیں

اور مجھے اپنی بیوی کے بارے میں استعمال نہیں کرنے چاہئیں، لیکن میں آپ سے عرض یہ کر دوں کہ میری بیوی میری محبوبہ بھی ہے۔ اور محبوبہ کے بارے میں اس قسم کے جملے لکھنا کوئی بے ادبی نہیں ہے۔

جہاں تک میری بیوی کی سیرت کا تعلق ہے وہ بے مثال ہے۔ صورت اور سیرت کی وجہ سے میں اس کے اتنا قریب آگیا کہ پھر پیچھے نہ ہٹ سکا۔

جب ہم پہلی بار اس چلچلاتی دھوپ میں ملے تو نہ جانے کامنی نے اس طرح میری طرف دیکھا جیسے وہ مجھے سب کچھ سونپنے کے لئے تیار ہے۔ بغیر کسی جھجک کے اتنا بھروسہ کسی انسان پر نہیں کرنا چاہئے ــــ خاص کر پہلی ملاقات میں۔ لیکن یہی ادا مجھے پسند آئی اس ادا نے مجھے ہمیشہ کے لئے اس کا گرویدہ بنا لیا۔ شاید اسی کو محبت کہتے ہیں۔ کامنی کو جتنی محبت مجھ سے تھی، یا ہے یا جتنی محبت مجھے اس سے ہے یا ہونی چاہیے، اس کا ذکر بے کار ہے۔ لیکن ایک بات صاف ظاہر ہے کہ اس محبت کا انجام بہت خوشگوار ہوا۔ یعنی کچھ عرصے کے بعد ہم دونوں اکٹھے اکٹھے رہنے لگے، اور ہم دونوں نے ایک دوسرے کو خاوند بیوی تسلیم کر لیا۔

اس میں کوئی شبہ کی بات نہیں کہ سب سے پہلے مجھے اس کی صورت پسند آئی اور پھر سیرت ــــ اور دس سال گزرنے کے بعد مجھے یہ احساس ہوا کہ میری بیوی کی صورت اور سیرت تو گوارا تھی، دراصل پس پردہ جنسی بھوک کارفرما تھی۔ جس نے مجھے اس کی سیرت اور صورت دونوں کا عاشق بنا دیا تھا۔

میں شروع ہی سے خود سر واقع ہوا ہوں، جو جی میں آتا ہے کرتا ہوں، میں نہیں چاہتا کہ کوئی آدمی میرے معاملات میں دخل دے۔ لیکن دوسروں کے معاملات میں ضرور دخل دیتا ہوں۔ میں کسی کی نصیحت سننا نہیں چاہتا، لیکن دوسروں کو نصیحت ضرور کرتا ہوں۔ دراصل یہ بات اتنی اہم تھی کہ مجھے اپنے والدین سے مشورہ کر لینا چاہیے تھا اور اگر صلاح نہ لے سکا تھا تو کم سے کم خبر تو ضرور کرنی چاہیے، اور اگر میں اپنے ماتا پتا سے صلاح نہ لے سکا تو کم سے کم اپنے بڑے بھائی سے مشورہ

کرنا چاہیے تھا یا ان بزرگوں سے بات کرنی ضروری تھی جن کے کندھوں پر دھرم اور اخلاق کا بوجھ ہمیشہ پڑا رہتا ہے اور جو نوجوانوں کو نصیحت کرنے کے لئے ہمیشہ بیتاب نظر آتے ہیں۔ تاکہ ان کا یہ اخلاقی بوجھ کسی طرح کم ہو سکے۔ لیکن میں نے کسی کی پروا نہ کی۔

میں نے سوچا کہ کامنی سے میں محبت کرتا ہوں اور کامنی مجھ سے محبت کرتی ہے۔ اب بھلا کسی کو بتانے کی کیا ضرورت ہے؟ بے چاری کامنی اتنی بھلی مانس کہ میرے والدین کے بارے میں کچھ نہ پوچھا۔ میں نے سوچا کہ میری بیوی اگر اتنی ترقی پسند ہے تو مجھے رجعت پسند بننے کی کوئی ضرورت نہیں (بعد میں معلوم ہوا کہ کامنی کے ماتا پتا ایک زمانہ ہوا مر کھپ گئے تھے اور بے چاری اس دنیا میں بالکل اکیلی اور شاید تنہا تھی۔ شاید اسی لئے اس نے میرے والدین کے بارے میں کوئی سوال نہیں کیا تھا) بہر حال ہم دونوں کو ایک دوسرے پر اتنا بھروسہ تھا کہ ہم کسی تیسرے کو بیچ میں لانے کے لئے تیار نہ تھے۔

جب ہم دونوں اکٹھے رہنے لگے تو اس اکٹھے رہنے کو ہم نے شادی کا نام دے دیا۔۔۔ جی۔۔۔ شادی اور کس بلا کا نام ہے؟ یہ ٹھیک ہے کہ ہم دونوں کسی پنڈت کے پاس نہیں گئے اور نہ ہی ہم نے سول میرج کی۔ میں نے سوچا، دو دلوں کا میل ہے اور ہم ایک دوسرے پر بھروسہ کرتے ہیں، اس سے زیادہ اور کیا چاہئے؟"

اس دوران میں کامنی نے کبھی اس قسم کی خواہش ظاہر نہ کی جس سے کہ مجھے یہ معلوم ہو جاتا کہ وہ قانونی طور پر شادی کرنا چاہتی ہے۔۔۔ ہو سکتا ہے کہ اس نے اپنے دل میں کبھی سوچا ہو۔ لیکن اس نے مجھ سے کبھی نہیں کہا نہ ہی اس نے اس بارے میں کبھی شکایت کی۔

میں اپنی بیوی سے بے حد خوش ہوں۔ گو قانونی نکتہ نگاہ سے وہ میری بیوی نہیں ہے بلکہ میری محبوبہ ہے یا آپ اسے میری داشتہ کہہ سکتے ہیں۔ سب سے اچھی بات اس میں یہ ہے کہ جس کی وجہ سے میں اس کا پرستار ہوں کہ وہ ہر صبح چائے کی ایک گرم گرم پیالی مجھے بنا کر دیتی ہے۔ جب میں آنکھیں کھولنے کی کوشش کرتا ہوں، اور پلنگ پر لیٹ کر اور کبھی بیٹھ کر، اس چائے کو آہستہ

آہستہ پیتا ہوں تو دُنیا کی باقی تمام لطافتیں بھُول جاتا ہوں۔ صرف چائے کا مزا میری زبان پر رہ جاتا ہے۔

تقریباً بارہ برسوں سے ہر صبح کامنی چائے بناکر مجھے دیتی ہے۔ ہر صبح آسمان نیلا ہو یا آسمان پر نیلے بھُورے بادل چھائے ہوں۔ بارش برس رہی ہو یا کسی طوفان کی آمد ہو وہ صبح اُٹھتے ہی اسٹوو سُلگا کر، چائے بناکر پیالی میرے ہاتھوں میں دے کر پھر سو جائے گی۔

ان بارہ برسوں میں کئی انقلاب آئے۔ ہندوستان کا بٹوارہ ہوا، اور ہمارے تین بچے بھی ہو گئے۔ بڑے پیارے اور خوب صورت بچے ہیں۔ مجھے اپنے بچوں پر بڑا ناز ہے۔ میرے بچوں کو مجھ پر فخر ہے یا نہیں، اس بارے میں کچھ نہیں کہہ سکتا۔ بڑے خوبصورت بچے ہیں میرے، آپ کی کیا رائے ہوگی، اگر آپ انھیں دیکھ لیں، اس کے متعلق کچھ نہیں کہہ سکتا۔

کامنی اتنی پڑھی لکھی بھی نہیں ـــــ لیکن اتنی اَن پڑھ بھی نہیں کہ آپ کی باتیں نہ سمجھ سکے۔

یہ اور بات ہے کہ کسی وجہ سے وہ آپ کی باتوں کا جواب نہ دے۔ ہماری ازدواجی زندگی مزے سے گزر رہی تھی۔ دراصل ایک عام انسان کو اور کیا چاہیے؟ ایک اچھی بیوی، تین بچے، تین کروں کا فلیٹ، کماؤ خاوند، ہر ماہ ایک پکچر دیکھ لینا۔ میاں بیوی کا آپس میں خوش و خرم رہنا، بس یہی کچھ زندگی ہوتی ہے، اور کیا چاہیے؟

جھگڑا ہم دونوں کا آپس میں کبھی نہیں ہوا۔ لیکن ایک دو سال کے بعد جب کبھی میری اماں اِدھر آتیں تو گھر میں ذرا بدمزگی سی پیدا ہو جاتی۔ میری اماں ذرا پُرانے خیالات کی ہیں۔ شروع میں پروٹسٹ کے طور پر دو تین سال وہ میرے فلیٹ میں نہیں آئیں۔ پھر وہ غصّے کو پی گئیں۔ ماں کی ممتا بیٹے کی خودسری پر غالب آگئی۔ اور وہ میرے گھر بہو کو دیکھنے چلی آئیں۔ لیکن انھوں نے اس بہو کو اپنی اصلی بہو کبھی نہیں مانا۔ اور وہ اکثر اس بات کا چرچا کرتیں۔

اس بار کہنے لگیں۔ "بیٹا اب بھی سمے ہے شادی کر لو۔"

"ماں تم بھی کیسی عجیب باتیں کرتی ہو؟ ہم دونوں کو اکٹھے رہتے ہوئے بارہ برس ہو گئے ہیں۔ تین بچے ہیں جنہیں ہر روز تم دیکھتی ہو——اور پھر کہتی ہو کہ شادی کر لو......"

"ارے، یہ کوئی شادی ہوئی؟ نہ برات آئی، نہ پنڈت بلایا، نہ باجے بجے، نہ پھیرے پڑے کچھ بھی تو نہیں ہوا۔ اسے شادی نہیں کہتے۔ ابھی سمے ہے شادی کر لو۔ تین بچوں کے باپ ہو۔"

میں کامنی کی طرف دیکھتا، وہ میری طرف دیکھ کر مسکرا دیتی اور میرے دل کا بوجھ ہلکا ہو جاتا۔ کتنی سمجھ دار تھی میری کامنی کتنا بھروسہ تھا اسے مجھ پر۔ کبھی کبھار میری ماں کامنی کی طرف داری کرتی اور کہتی :-

"اگر تم نے کامنی کو چھوڑ دیا تو کہاں جائے گی؟ اس کا خرچا پانی کون دے گا؟ کورٹ میں جا کر دعویٰ نہیں کر سکتی؟ اس کے پاس کیا ثبوت ہے کہ واقعی تم نے اس سے شادی کی ہے؟"

"ماں ہم دونوں ایک مکان میں رہتے ہیں، ایک ہی چھت تلے زندگی کے بارہ برس گزار دیئے ہیں۔ پرماتما کی کرپا سے تین بچے ہیں۔ اور کیا ثبوت چاہیے؟"

"بچے تو کسی داشتہ کے بھی ہو سکتے ہیں۔" وہ جھنجھلا کر کہتیں۔

"یہ تم کیا کہہ رہی ہو؟ کیا میں اس طرح کا آدمی ہوں؟ کیا میں اتنا گر سکتا ہوں کہ کامنی کو چھوڑ دوں گا۔"

"گرے ہوئے نہیں ہو، لیکن گر سکتے ہو۔" وہ بحث کو آگے بڑھاتیں۔

ایسے موقعوں پر کامنی بیچ میں ٹوک دیتی—— ماں جی! "مجھے ان پر بھروسہ ہے۔"

"اری مرد کی ذات پر اتنا بھروسہ نہیں کرنا چاہیے—— تم دونوں شادی کر لو۔ دیکھو کتنا مزا آئے گا؟" وہ کامنی کو بھی میری طرف دیکھ کر اس عمر میں لالچ دیتیں۔

اس طرح چھوٹی موٹی لڑائیاں اکثر ہوتی رہتیں۔ ذرا کچھ دنوں تک بدمزگی سی رہتی۔ اور

جب اماں گھر واپس چلی جاتیں تو ہم ان باتوں کو بھول جاتے، دراصل یہ بات چند قریبی رشتہ داروں کو ہی معلوم تھی اور بہت کم لوگوں نے میری اس خودسری کو سراہا تھا۔ میں نے بیاہ شادی کی تمام رسومات کے پرخچے اُڑا دیئے تھے اور انسان کی شرافت پر زیادہ بھروسہ کیا تھا۔ اگر میری بیوی زیادہ سمجھ دار نہ ہوتی تو اچھا خاصہ خون خرابہ ہو جاتا۔ شامت اعمال سے ان ہی دنوں میرے چچازاد بھائی اسی شہر میں وارد ہوئے۔ بدقسمتی سے وہ وکالت کرتے تھے جب اس نئے شہر میں ان کی وکالت کہیں اور نہ چلی تو وہ گھر میں میری بیوی کی وکالت کرنے لگے۔ ہم دونوں ایک ہی اسکول، ایک کالج اور ایک ہی ہوسٹل میں اکٹھے رہتے تھے۔ بھلا میں انھیں کیا کہتا، اگر میں کچھ کہتا بھی تو کیا وہ میری بات سُنتے۔

ایک دن وہ کامنی سے کہنے لگے:۔

"اگر تمھارا پتی اس دُنیا سے اچانک چل بسے تو قانونی طور پر تم اپنے خاوند کی جائداد کی مالکن نہیں بن سکتیں، اور نہ ہی تمھارے بچے قانونی طور پر اپنے باپ کی جائداد کے وارث بن سکتے ہیں۔"

میں نے یہ بات سن لی اور فوراً بولا:۔ ارے بھئی کوئی جائداد ہو تو اس کا کوئی وارث بنے گا۔"

"اچھا نہ سہی جائداد، ان تین کمروں میں جو سامان رکھا ہے اس کا وارث کون ہوگا؟"

"میری بیوی۔"

"یہ تمھاری بیوی نہیں ہے۔"

"تو کس کی ہے؟" میں نے جل کر کہا۔

"میں قانونی نقطۂ نگاہ سے کہہ رہا ہوں، پیارے۔"

"تمھارے قانون سے کیا ہونا ہے، کیا تمھاری وکالت کہیں اور نہیں چلتی؟ دُنیا بھر کے قانون یہیں چھانٹتے پھرتے ہو۔" میں نے غصّے میں آ کر کہا۔

"کسی اور وکیل سے پوچھ لو، اگر مجھ پر یقین نہ ہو۔"

"میں مرنے سے پہلے وصیت کر جاؤں گا۔"

"اگر اچانک ہارٹ فیل ہو گیا؟ — جیسا کہ آج کل لوگوں کا ہو رہا ہے، تو؟"

"تو پھر کیا ہوا؟ یہ سب کچھ ان ہی کا ہے۔" میں نے کامنی کو یقین دلایا۔

"تمہارے آفس کے فنڈ کا کیا ہوگا؟" انھوں نے نیا سوال کھڑا کر دیا۔

"وہ میری بیوی کو ملے گا!"

"کیسے ملے گا؟"

"آفس والوں کو کیا معلوم کہ میں نے قانونی طور پر کامنی سے شادی نہیں کی ہے۔"

"اگر معلوم ہو جائے تو ——— ؟" انھوں نے "تو" کو اس طرح کھینچا جیسے جیتنے کے ہاتھ میں کھلاڑی زور سے ٹرپ کا پتہ پھینکتا ہوا۔"

"میں جا کر خبر کر دوں، یا تمہارا بھائی۔"

"میں تم سے اس بات کی اُمید نہیں کرتا — اور میرے بھائی اتنے اوچھے نہیں ہیں۔"

"اگر ہو جائیں گے تو ان کا کیا کر لو گے۔ ؟ تم اپنے بچّوں کا مستقبل خراب کرنا چاہتے ہو؟"

"فی الحال میرے بچّوں کا کوئی مستقبل نہیں ہے، ویسے میں اس بات پر یقین رکھتا ہوں کہ ہر بچّہ اپنا مستقبل ہوتا ہے۔"

"کمیونزم کا پرچار مت کرو۔ ٹھنڈے دل سے اس بات پر غور کرو۔ اور سوچو!"

یہ صاحب تو لڑ جھگڑ کے چلے جاتے، لیکن فضا میں زہر گھول جاتے اور اس کا اثر اب اڑوس پڑوس میں پھیلتا تھا اس واقعہ کے بعد میری بیوی نے اپنی سہیلی کملا سے یہ بات کہہ دی۔ یہ سُنتے ہی وہ ہکا بکا رہ گئی۔ بے چاری میری بہت عزّت کرتی تھی۔ یہ سُنتے ہی اس نے کچھ ایسے تیور بدلے کہ وہ مجھے چور اور بدمعاش سمجھنے لگی۔ ایک دن وہ میری بیوی سے بولی :۔

"ہائے رام ——— آپ دونوں نے ابھی تک شادی نہیں کی ؟ کئی برسوں سے آپ دونوں اکٹھے رہتے ہیں۔ اور پھر آپ دونوں نے بچے بھی پیدا کر لئے ——— یہ ——— یہ تو ——— حرامی بچے ہیں ——" آخر اس کے دل میں آئی ہوئی گالی زبان پر آ ہی گئی۔

یہ سُن کر کامنی کو بہت غصہ آیا۔ اس نے اپنی سہیلی کو ڈانٹ کر کہا :۔

"خبردار ! اگر دوبارہ ایسی بات کہی۔ نہیں تو زبان کھینچ لوں گی۔"

"زبان تم کھینچ لو۔ لیکن سچی بات کہنے سے نہیں ڈروں گی۔" یہ کہہ کر وہ اپنے کمرے کی طرف چل دی۔

یہ بات محلّے میں ایسی پھیلی کہ لوگوں نے نگاہیں پھیر لیں مجھے ایسا معلوم ہوا کہ رام اور سیتا اجودھیا نگری میں بارہ برس کے بعد لوٹے ہیں، دھوبیوں کو سیتا پر بھروسہ نہ رہا تھا۔ راون کے سائے گہرے ہوتے جا رہے تھے، جیسے ہم دونوں نے ایک بہت بڑا گناہ کیا تھا۔ چونکہ ہم دونوں کا من صاف تھا۔ ہم نے لوگوں کی کانا پھوسی کی پروا نہ کی۔ بدقسمتی سے انہی دنوں میرے ماتا پتا تشریف لے آئے۔ اور پھر محلّے کے دھوبیوں کی ایک سمٹ کانفرنس ہوئی کہ میں لاجواب سا ہو گیا۔ سب نے بچوں کے مستقبل کے بارے میں ایسی خطرناک باتیں کہیں کہ مجھے ان کی ہاں میں ہاں ملانا پڑی۔ لیکن اس دوران میں کامنی نے اس خیال کی پُرزور تائید نہ کی۔ میں جانتا تھا کہ کامنی کو مجھ پر بھروسہ ہے۔

اب بات خطرناک حد تک بڑھ چکی تھی والدین نے زور دے کر مجھے اس بات پر راضی کر لیا کہ قانونی طور پر اب شادی کر لینی چاہئے۔ یعنی ایک پنڈت کے سامنے۔

یہ کچھ عجیب سی بات لگ رہی تھی کہ میں اپنی بیوی کے ساتھ شادی کروں۔ اور وہ بھی بارہ برس کے بعد ——— اور جب کہ ہم تین بچوں کے ماں باپ بن چکے ہوں۔

میری ماں کہنے لگی۔ "میں بینڈ بجواؤں گی۔ لڈو باٹوں گی، سارے محلّے کی عورتیں بُلوا کر

گیت گواؤں گی۔"

"یہ بکواس نہیں ہوگی ماں۔"

اور یہ تیری بکواس چلے گی؟ رہنے دے اپنے گھر کے قانون۔ تمھارا کیا ہے۔ جب جی میں آئے گا بے چاری کو چھوڑ دو گے۔ میں اس طرح نہیں ہونے دوں گی۔"

خیر بڑی مشکل سے میں شادی پر راضی ہوا۔ شادی ہوگی، لیکن بینڈ نہیں بجے گا، لڈو نہیں بانٹے جائیں گے۔ صرف پانچ چھ ہی رشتہ داروں کو بُلایا جائے گا۔ پنڈت آئے گا۔ اور میری ماں میری بیوی کو دُلہن بناکر گھر لائے گی۔ پھر میں اپنی دُلہن کا چہرہ دیکھوں گا۔

اس لڑائی جھگڑے میں کامنی کچھ نہ بولی۔ شادی کا دن آگیا۔ ایک ہال میں منڈپ بھی بن گیا۔ سات آٹھ براتیوں کے سامنے کامنی دلہن بن کر آئی۔ اس دن کامنی مجھے بہت اچھی لگی۔ وہ لال رنگ کی ساڑی پہنے ہوئے تھی۔ بانہوں میں لال رنگ کی چوڑیاں جو میری ماں خرید کر لائی تھی۔ آنکھوں میں حیا کے ڈورے، کچھ شرمائی ہوئی، لجائی ہوئی، سر کو ڈھانپتی ہوئی، بدن چرائی ہوئی، ماتھے پر بندیا۔ کچھ نئے گہنوں سے لدی ہوئی میرے پاس بیٹھ گئی۔ جی میں آیا کہ ایک زور کا قہقہہ لگاؤں، لیکن چپ ہوگیا۔ کامنی کا چہرہ دمک اٹھا تھا۔ اس کے رخسار حیا سے تمتما اُٹھے تھے۔ اتنی کمسن اور معصوم وہ مجھے کبھی نہ لگی تھی۔ ایسا معلوم ہوتا تھا کہ وہ ابھی کنواری ہے اور مجھے پھر سے تین بچے پیدا کرنے ہوں گے۔

پھر باقاعدہ شادی ہوگئی۔ پنڈت کے سامنے میری ماں میری بیوی کو بہو بنا کر لائی۔ محلّے کی عورتیں بھی آئیں۔ اچھا خاصہ ہنگامہ ہوگیا۔ دوسرے دن میرے ماتا پتا چلے گئے۔

شادی کے تیسرے دن کی بات ہے۔ صبح کا وقت تھا۔ میری آنکھ ابھی تک کھلی نہ تھی۔ اِدھر کچی نیند تھی اور چائے کی پیالی کا انتظار کر رہا تھا۔ میں نے آنکھیں ملتے ہوئے اپنی دُلہن بیوی کی طرف دیکھا۔ وہ بڑے سے سو رہی تھی۔ میں نے باورچی خانے کی طرف نگاہ ڈالی۔ اسٹوو ٹھنڈا پڑا تھا۔ میں اپنی چارپائی سے اُٹھا، ایسا معلوم ہوتا تھا جیسے وہ بارہ برسوں میں

پہلی بار سوئی ہو اتنی پُرسکون نیند شاید اسے کبھی نہ آئی تھی۔ خاوند کے حق کو آزمانے کی خاطر میں نے نئی نویلی دُلہن کی چادر کھینچ کر کہا — "ارے اُٹھو تو — چائے بنا کر لاؤ۔ کیا تماشہ ہے؟ ابھی تک سو رہی ہو؟"

کامنی نے چادر کو اپنے جسم پر تانتے ہوئے کہا۔ "جی میں بارہ برس سے ہر صبح آپ کے لئے چائے بناتی رہی ہوں بارہ برس تک میں آپ کی محبوبہ رہی۔ آج سے میں آپ کی بیوی ہوں، ذرا چائے بنا کر مجھے پلاؤ —"

یہ کہہ کر وہ بڑے مزے سے کروٹ بدل کر چادر سے اپنے جسم کو ڈھک کر سوگئی۔

میں سفید چادر کی طرف تکتا رہ گیا۔